좋아하는 것을 함부로 말하고 싶을 때

* 이 도서의 국립중앙도서관 출판예정도서목록(CIP)은 서지정보유통지원시스템
홈페이지(http://seoji.nl.go.kr)와 국가자료공동목록시스템(http://www.nl.go.kr/kolisnet)에서
이용하실 수 있습니다. (CIP제어번호: CIP2018008753)

좋아하는 것을
함부로 말하고
싶을 때 시집

김 기 형
김 민 우
김 연 필
문 보 영
윤 지 양
최 세 운
최 현 우

은행나무

만나서 반갑습니다

1월 말, 책 제목이 정해졌다는 말을 들었다. '만남'이라는 주제로 7명의 시인들이 각각 7편씩 시를 엮은 후에 책 제목을 정하는 일만 남았는데 내 시의 제목으로 정해진 것이다. 처음에 든 생각은 이것이었다. '왜 하필 이 제목일까?' 사람들이 어떤 생각으로 책 제목을 정하는 건지 궁금했다. 동시에 내가 그 제목을 지을 때의 일이 떠올랐다.

한 친구가 '좋아하는 것을 함부로 말하지 말라'고 언급한 적이 있다.* 서로 취향이 맞지 않아 실망을 주는 일을 피하고자 한 말이었을 것이다. 그 언급을 보고 상대방의 실망이 두려워 좋아하는 것을 함부로 말하지 못하는 마음에 대해 생각했다. 그리고 나 자신에게 물었다. '나도 그렇게 해야 하는 걸까?' 곧바로 대답이 나왔다. '아니, 함부로 말하고 싶은데?' 그리하여 '좋아하는 것을 함부로 말하고 싶을 때'라는 문장을 떠올렸고 이것이 시의 제목이 되었다.

만남은 감히 함부로 이루어진다. 감히 내게 어떤 자격이 있을까 싶지만 결국 함부로 발을 내디딜 때, 함부로 마주칠 때, 그리하여 함부로 말을 건넬 때 누군가와 만난다. 함부로 입을 떼지 않는 한 영원한 침묵만이 감돌 것이고 우리는 그 누군가를 앞으로도 영영 만나지 못할 것이다. 이는 책에 실린 시들을

---

* 문보영의 블로그(https://blog.naver.com/openingdoor1/221043428628) 참조

읽으며 든 생각이기도 하다. 한 편 한 편이 여러 생각과 고민 끝에 기어이 함부로 발화된 것들이라는 생각이 들었다. 편한 상태에서 매일같이 이루어지는 발화가 아니라, 고심 끝에 기어이 말할 수밖에 없고 말하게 된 것들 말이다.

우리의 만남에 대해서도 생각했다. 한국예술창작아카데미 생으로 선발된 뒤 오리엔테이션 때 둥근 탁자에 둘러앉아 어색하게 침묵을 이어가던 이들이었다. 그날 이후 함께 강연을 듣고 직접 낭독회를 기획해 참여하고 책 발간을 위해 회의하고 저녁을 먹고 수다를 떨고⋯. 이 만남이 어떻게 이루어지게 된 걸까, 생각하면 지금도 신기하다. 분명 각자의 자리에서 각자의 시를 쓰던 사람들이었는데 말이다. 침묵이 맴돌던 원형의 테이블에서 제일 먼저 '함부로' 말했던 사람이 누구였지? 기억이 잘 나지 않는다. 분명한 점은, 우리가 시를 통해 만났다는 사실이다.

'약속된 나무 아래'에서 '떨어진 낙엽'을 모으다 만난다.(김기형, 「빛이 지나가는 우주」) '썰리고 썰렸던' 깍두기가 '썰리지 않을 각오를 단단히 먹'고 '각 잡은 깍두기'가 되어 만난다.(김민우, 「깍두기」) '조금씩 삭아'가는 시곗줄이었다, 쿼츠식도 기계식도 아닌 '손목에 꽃시계를 하나 차고' 만난다.(김연필, 「나의 정원은 영원히 돌고」) '세상의 화상 연고는 모두 대출 중'임을 절감하는 '얼굴 한복판에 화상을 입은' 친구를 만난다.(문보영,

「화상 연고의 법칙」) '자두씨'에서 자라난 살을 떼고 '쓰러진 사람'을 만난다.(윤지양, 「좋아하는 것을 함부로 말하고 싶을 때」) '물과 피를 쏟고 종일 죄를 짓고' 피어난 식물들이 있는 곳에서 만난다.(최세운, 「식물원」) '자전거 타자 오빠'라고 말하며 '울지 않고 떨고 있는' 한 아이를 만난다.(최현우, 「일곱 살」) 이 밖에 다양한 만남 속에서 당신은 무엇을 발견했는가?

우리가 써 내려간 시들이 독자에게 어떤 만남으로 다가올지 궁금하다. 바뀌지 않는 사실은, 우리가 만났다는 것이다. 만남에 대해 어떤 생각을 하든, 기쁘든 슬프든 절망하든 후회하든 소중하든 그렇지 않든 그 안에서 우리의 모든 것이 이뤄졌다. 만남에 대해 이렇게 말할 수밖에 없었던 우리의 용기를 격려해주었으면 한다. 또한 용기를 내 만남을 시작하고 이어가는 사람들을 응원한다. 훗날 소중한 만남으로 남길 바라면서, 마지막으로 감히 함부로 말하고 싶다. 결국 이렇게 당신을 만나게 되어 다행이다.

2018년 4월
윤지양

차례

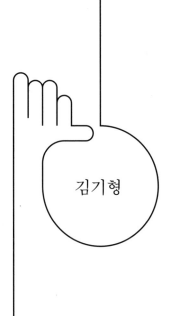

김기형

김기형은 1982년 서울에서 태어났다.
2017년 〈동아일보〉 신춘문예로 등단했다.
언 몸을 녹이기 위해 불을 지르는 사랑의 방식으로.

빗속에서 빗속으로

무엇을 보았다고 생각하니

침대에 앉으면 침대에 앉아 했던 지난번의 이야기를 생각하지 너는 얼룩덜룩한 곤충을 잡아왔지

여름이 되었을 때

모르는 사람이었어

우리는 돌을 쌓아두었지 팔목에 검은 점이 두 개 있어서 좋았지 그곳은 파랗고 때로는 하얀 달이 태어났지

방문을 열면 다른 방문이 조금 더 작게 서 있었어 무엇이 지나갔을까 긴 이야기를 해보았지 아침이 되어야 꼭 창문을 닫았어 아무도 부르는 사람이 없었는데 항상 대답을 하곤 했지 우리는 친절한 기분을 알았지 장미 정원은 계속 자라고

미끄럼틀을 세웠어 너에게 길고 부드러운 옷을 입혔지

넘어진 의자, 작은 동물들이 다녀가곤 했어 꼭 숲의 요정이 된 거 같았지 나무의 정면을 몰라도 될까 집처럼 서 있는 나무, 부르튼 두 손이었어

바람이 불면 굴러 내려가는 영혼이 있었을 거야 조금씩 그네를 흔들었어 아직 발을 구르고 있는 다리가 있구나 물고기 떼 조각조각 구름, 동시에 작아지고

한참 물을 삼켜

조용한 얼굴이 되어서 환하게 웃을 줄 알았지

밤마다 초를

내 뒤에는 천사가
천사와 천사들을 이끌고 노래를 부르며
천사의 손을 세워

색을 지운 얼굴로 지나간다

온몸이 끄는 옷자락
바람이 지우는 발

깨진 유리 조각 위를 통과해

커튼 뒤를 열면
작은 사람
오래전 돌아온 사람이다
오래전 돌아와 오래 앉은 사람

눈 마주친 천사들을 기억해

벗어둔 신발, 왼쪽과 왼쪽
푹 꺼진 모래 바닥
깎아진 뒷모습

툭툭
손이 온다

뒤에 남은 순진한 새들만 난다

다시 흰색이 나타난 것처럼
오래 들여다보는 행성처럼

무서운 산책이 온다

호수의 숙녀[*]

어디에서 편지가 왔다 편지는 흰옷에 대해 말하고 있다

답장을 쓴다 튼튼한 뗏목을 만들어서 파랑새를 올려둘 것
이라고 말한다

각자 희고 파란 것으로 편지를 채운다 얼마 전에 나는 내
몸을 흔들며 거리로 나섰지 볼 수 있었지 문이 열린 곳에, 천
으로 된 의자에, 뱅글뱅글 감긴 무늬에, 조금 뜯긴 모서리에

몰래 숨은

몸을 흔들며 거리를 지났다

어디에서 편지가 왔다 눈빛에 대해 말하고 있다

나는 윤기 나는 곤충과 곤충의 방향에 대해 그렸다 각자 눈
과 빛, 한 점으로 만들어진 원에 대해 말했다 집의 문이 흔들
렸다 손님으로 보이는 사람이 들어와 차를 마시고 나갔다 돌
아오지 않아 놀랐다 이런 일을 기다렸다

다리를 모으고 앉아 밝은 낮 이후를 실험했다

놀란 채로 꽃병을 들었다

---

[*] 존 치버, 「정숙한 클라리사」, 『기괴한 라디오』

편지에 가느다란 줄이 그어 있다 불이 붙은 초를 기울이며
말했다 내 위에 앉아요
호수의 숙녀가 왔다

날개를 퍼덕이는 모양
목소리를 들려주었다

큰불을 내 입속에 넣는다

빛이 지나가는 우주

하고 싶은 말을 하지 않고
맑은 것과 밝은 것을 혼동하지 않고
닿고 있는 손가락의 감촉으로 빨려 들어가지 않고
한참 당겨도 손에서 손인 것을 알고
이름을 대신해 어두워지고
내일 대신 기록을 믿는

약속된 나무 아래
나무의 속도 아래
부러지는 것은 나무가 아니다

세 번을 생각하면 네 번이 오고
반대 방향을 허용하지 않고
레일처럼 달린다
침착하게 흔든다 전진, 숨 없는 물속처럼 전진

무엇을 닮았나
떨어진 낙엽을 모은다
소복이 쌓으면
기원처럼
일제히 간다 얼굴이 온도가 목소리가 간다

간다고 해, 뒤가 없다고 해, 피 맛이 나, 무엇을 깨물었을까, 뛴다고 해, 아직도 공중 너무 가볍다고 해, 마음껏 웃었다고 해, 이것 봐, 보라고 해, 어쩜 아무 냄새도 없이!

소리치는 사람을 만난다 소리치는 사람이, 소리치는 사람이었어?

좁은 곳이 없다 밤을 새워서 오고 있는 사람이 계속해서 온다 계속 계속 계속 계속 모른다

빈손이 앞에 떨어진다

다친 손을 주무른다

사각 마을의 생성

서로의 등에 코를 박고
판판한 등에 쓴다
찬그릇을 내놓고 까끌까끌한 수건을 쌓는다
앞을 정한다 골목으로 믿고 소통한다

자, 이제

좋은 나무를 쪼개자
퉁기며 날아가는 나무
마을이 열린다
너는 앞에 앉아 바닥을 만진다
계속 자는 것도 있다

뒤집어진 모양은 어디서 만난 것 같은 모양

찢은 잎사귀를 뿌린다
같이 마른다 이제 흐리다

마을의 뒤가 찬다

잘 걷는 비둘기

움푹한 땅

꽃이 자라는 지붕에 꽃 이후가 온다

틈을 뒤지는 손이 모인다

다 같이 실려간다
괜히 아무것도 용서하지 않는다

식탁 효과

네모로 접은
속살을 펼칠 수 있다
고인 물이 나오고
젖은 머리카락이 나올 때까지

둥그런 과일처럼 머문다

시선을 흩트려봐
그림일기를 썼구나
좋은 말을 해볼래?
봐라, 연기가 나간다

구름 위에 앉은 것처럼
배고픈 얼굴을 하고 식탁의 모임을 한다
몸을 들춘 곳으로 우르르
몰린다

다시 긴 몸을 반죽하고 지금부터 흘러가는
철새 떼를 오래도록 세고

무엇이든,

그렇지,
(폭포는 세차게, 겨자씨, 종이책에서)

냅킨 아래 흘린 집을 찾는다

한 가지씩 완성하는 손을 열고
노란 중심
마주 보는 얼굴

덮어둔 뚜껑을 열어 가볍게 뛰고
입을 닦고, 다 같이 살구나무

일이 벌어지고 있다

발등을 구부리고 우리는 지금

옆집이 됩니다 끝과 끝에서
떠오르는 사람들
도처로 옮아가는 표정을 바라봅니다

정해진 시간입니다 일제히 웃거나 뒤돌아 멀어지는
긴 계단으로 갑니다

팔들이 멀리 가닿습니다 자리는 넓고 입속은 좁습니다
동그랗게 모여 선 몸들에서 흰 뼈가 하나둘 움직입니다
나에게 말을 걸고
황급히 일어나 돌고 있습니다

네 손을 쥐고 숲처럼 무성하게
무성한 무성한

머리 위로 쏟아지는 소리
여자들이 울면서 노래를 부릅니다
뛰어다니고 싶은 것입니다 바닥을 메운 자국들 위로
동그랗게 흩어지는 것입니다

우리는 함께 지내고

네 손을 쥐고 숲처럼 무성하게 타오르고
있다 있다

깃털들이 날아다니고
발가벗은 몸들이 빛을 내고 있습니다

온기와
온기는
칭칭 감는 것이므로

함께 있다는 부력으로 견디는 중이에요. 동시에 등 뒤의 나
는 반드시 혼자입니다.

만날 수도 있을 것입니다. 그리고 어떻게 사라지게 되는지
보고 싶어 합니다. 매혹이 지나갈 때, 미로의 루트를 잠시 알
게 되었을 때, 헤매는 방식으로 정확히 돌아옵니다. (온 곳은
이전의 공간이지만 어쩐지 늘어난 몸일 것입니다) 다시 나가

서성일 것이기 때문에, 그때는 '내가 무엇을 모르고 있나' 하고 생각합니다.

온기와 온기는 칭칭 감는 것이므로, 몸에 숨구멍을 뚫고 같이 쏟아지는 동맹에 대해 속삭입니다. 함께 쏟는 기분, 함께 먹는 기분, 밝아진 거울 속을 힘차게 뛰는, 이가 툭툭 부러지는, 미소보다 더 크게 얼굴이 뒤집어지는 기분.

어쩌면 만난 기억이 없는데, 환상을 잘 알 뿐인데.

아래가 훤히 보이는 높은 곳, 그런 곳에서의 로맨틱에서 아마 여름의 온도를 유지하는 곳에서, 이 환상을 부수는 순간이 있습니다. 일어나 더듬어보는 내부. 몸 안은 자꾸 허물을 벗고 있어서 발밑이 수북합니다.

나는 골목의 바뀐 풍경을 찾아보려고 한참 쭈그리고 앉아 있습니다. 골목에는 부서진 가구들이 나와 있어요. 아무도 앉히지 않는 의자의 다른 얼굴을 지켜봅니다.

불현듯 등 뒤의 내가 나를 닦고 쓰다듬습니다. 그리고 이제 다시 몸을 벗으려고 할 때, 죽은 손만 남았다는 사실을 발견합니다. 조금씩 줄어드는 손을 나무에 접붙이고는 계속 주문을 외웁니다. 볕도 내려오지 않는 그곳에서 자라는 주변. 완료된 사형 집행처럼 바람만 받아들입니다. 우는 자의 속처럼 스스로 붕괴합니다.

찬바람이 안을 말립니다. 그렇다면 이제 물을 한 바가지 뒤집어쓰고 다시 해보는 기도. 포옹의 굴곡. 불러들인 것과의 인사. 접속하는 이유는 무엇일까요?

입을 꾹 닫고 모퉁이를 돌아 만납시다.

떠나면서 하는 의식 : 깨트린 심장을 몸에 뿌리고.

김민우

김민우는 1989년 서울에서 태어났다.

2015년 《현대시》로 등단했다.

판화 작업을 하며 글과 그림 너머 민우 월드를 만드는 게 꿈이다.

다트

친구 놈들과 호프집에서 다트를 던진다

내 오른손이 던진 다트가,
그럴 수도 있다고 친구가 위로하는데 다트가,
설마, 가 사람 잡는다더니 다트가,

                다트 판은 여긴데
           왼쪽으로
      왼쪽으로
왼쪽으로
틈으로 쏙 들어간다 세 번 연속

어떻게 그 좁아터진 틈으로 쏙 들어갈까?
깊숙이도 들어가서 돌이킬 수 없이

높은 점수와는 최대한 반대편으로
틀리고
틀리고
틀리는 것도

능력이라면 능력일까?

반항하고 싶어 최대한 반대편으로
시험지에 오답만 찍었다던 너드처럼 말이지

그이 역시 다트를 즐겼을지도 모른다
만점에서 10점짜리 20점짜리 점수를 깎아가며,
다트는 누구보다 빨리 0점을 찍어야 앞서가고
너드는 남들과는 달리 0점을 찍어서 앞서가고
내가 나아가는 방향은 0점도 못 찍어 누구보다 빨리 남들
과는 달리
뒤로 빠져선 맥주나 홀짝이고 싶진 않은데

매번 오답만 찍어 떵떵거린다는 말은 들어봤지만
매번 다트가 빗나가 떵떵거린다는 말은 들어본 적 없어 긴
장한 오른손은

뭔가를 던지면 꼭 반대로 틀린다는 걸 뒤늦게 깨달아도 소
용없이
간절한 승기는 더 반대로 기울어서 보다 긴장한 오른손은

왼쪽으로 틀리고, 다트도
왼쪽 사이드로 팽그르르 빠져드는 볼링공도,

골대 왼쪽 너머 이그르르 이를 갈던 적에게 기부하던 축구
공도,
　　보다 반대로, 반대로 틀리고, 뒤틀리고

　　나는 차라리 온몸을 다해 반대편으로
　　반항하고 틀리고 싶은데,
　　시험지에 오답만 찍고 싶진 않고,
　　골대에 자살골만 넣고 싶진 않고,
　　다트에서만큼은 점수를 깎아내고 싶고,

　　반대편, 반대편만을,
　　틀리는, 뒤틀리는 언행만 외쳐대는
　　타자를 두들기는 손가락들만 최대한 반대편으로
　　보다 반대로, 반대로 틀리고, 뚝뚝 비틀릴 때까지,
　　반대편이 반대로 가서, 틀린 게 한 번 더 틀려서

　　틀렸다고만 무시낭한 내 언행이
　　시험에 있어서도, 볼링에 있어서도,
　　축구에 있어서도, 다트에 있어서도,
　　그 무엇에 있어서도 승리를 위한
　　진심을 다한 진실로 기억될 그때까지,

점수를 얻어야 이기는 게임과는 반대로 틀리게
점수를 잃어야 이기는 다트처럼

IQ 추적

갱단 행동대장 저격 한번 못 했더니, 각목으로 모니터를 깨뜨리고 온 집 안을 한바탕 피바다로 만들 기세로, 같은 편끼리 총질을 하던 팀원들 사이로, 자꾸 이러시면 IQ 추적을 할 거라고 누군가 으름장을 놓았다. 키보드로 쾅쾅쾅 샷건을 두들기며, 헤드샷 심장 성기와 똥구멍을 겨누고 확인 사살, 두 번 죽이고 더블 킬, 트리플 킬, 쿼드라 킬, 가릴 것 없이 닥치고 총알부터 박아대는 전투가 얼마나 급박하고 치열하고 쩔쩔하면 네트워크 주소 IP 추적도 못 하고 IQ 추적을 하겠다고 선전포고를 하나, 인간의 평균 IQ는 100이라던데, 막말로 총질을 하며 도망칠 잔머리를 데굴데굴 굴리는 갱스터도, 피해를 최소화시킬 두뇌를 활활 가열하는 경찰 특공대도, 닭대가리 닭대가리 굼뜬 친구를 잘만 놀려대다 가로막힌 모퉁이에 새하얗게 질린 머리만 욱여넣고 잘 숨었다 한 자리 아이큐 행동을 하는 모 친구 놈도, 말이 안 통해 쾅쾅쾅 키보드 자음 모음으로 샷건만 쳐대는 방구석 백수도, 모두 평등하게 IQ가 100일 수 있다는 건데 어떻게 IQ 추적을 하겠다는 건지… IQ 추적을 당하는 사람은 세기를 이끄는 천재이거나 세기가 지나가도 바보 천치인가 보다. 세계적으로 몇 사람 안 된다는, 그이를 굳이 찾아 나서겠다는 IQ 추적자는 그런 천재조차 한낱 사기꾼으로 전락시킬 바보거나, 그런 바보조차 번뜩 정신 줄 붙들게 보일 천재거나 둘 중 하나겠지. 이번 21세기를 이끌고 지나간 20세기를 보

라. 바보같이도 내가 IQ 추적을 해본 결과, IQ 검사를 고안한 세기의 천재 심리학자 루이스 터먼은, 전 세계 모든 이들에게 강제로 IQ 검사를 시켜서, IQ 지수가 낮게 나온 바보들이란 바보들은 전부 거세시켜서, 열등한 바보 열성인자들을 헤드샷 심장 성기와 똥구멍을 겨누고 확인 사살하려 안달이었단다. 세기의 그 어떤 바보보다 더하게 더블, 트리플, 쿼드라로 이어질, 천재도 울고 갈 바보짓을 계획했던 것이다. 그러니 IQ 추적을 하면 바로 신상이 공개되는 세기의 유명 인사가 되었겠지. 아, 더불어 IQ 추적을 해보니, 백인이 흑인보다 IQ가 높아서 흑인은 백인보다 열등하며, 백인보다 황인이 IQ가 높아서 당연히 한국인이 가장 똑똑하단, 천재고 바보고 불알을 탁 치고 갈 IQ 추적 결과들도 더블로, 트리플로, 쿼드라로 소개 안 하면 서럽게 널려 있다. 각목으로 모니터를 깨뜨리고 온 집 안 너머 온 인종 온 인류를 한바탕 피바다로 만들어버리는, 추적하면 추적할수록 IP 추적보다 오줌 지리고 질질 싸버릴 IQ 추적.

IP 테스트

  하라는 암살은 안 하고 같은 팀원들끼리 총질이나 하다니, IQ 추적을 하겠다는 누군가의 으름장을 듣고, 다른 누군가가 세계에서 가장 병신 같은 얼간이 타이틀로 기네스북만 조회해봐도 네 IQ는 한 방에 추적이 가능하겠다며, IP 테스트나 받으라고 맞받아친다. 불발탄이 날아오기 무섭게 불발탄을 쏘아대는 이 전투가 서로서로 쩔쩔하지만 어지간히 분하게도 다가오나 보다. 인터넷 싸움에선 이겨도 병신 져도 병신이라지만 이긴 병신이 되라는 인터넷 격언도 있지 않던가. 키보드만 잡았다 싶으면 너도나도 하버드대 석학이 되고 범지구적인 사회단체 일원이 되는 통에, 이것들이 정말로 어디에서, 과자 부스러기와 바퀴벌레와 케이블 랜선 빰치게 꼬불꼬불 뒤엉킨 음모 다발들과 친구를 먹을 방구석에 틀어박혀선, 인터넷을 하는지 일일이 감시하려고, 높으신 인터넷 개발자들은 무수한 테스트를 거쳐 IP 주소를 개발해선, 인터넷을 누리는 전 세계 각국의 집 주소마다 배정해놓았겠지. 이것들이 인터넷상에서 누구이든 간에 어깨동무를 할 세계시민의 자격이 있나 없나, 소리 소문 없이 지금 이 순간에도 인터넷 개발자들은 IP 테스트를 벌이고 있으리라. 사람 위에 사람 있고 사람 밑에 사람 있는, 일부 치안이 안정된 독재국가에서 포르노 사이트와 반정부 사이트와 혁명 구호와 진압 실태와 음 소거도 안 된 신음 소리며 알몸이 뒤엉킨 SNS 서비스를 일체 차단할 수 있는 것도

다 혹독한 IP 테스트를 거친 덕분이리라. 그들 국민들이 자유를 논할 하버드대 석학이 될 리가 없고, 평등을 논할 범지구적인 사회단체 일원이 될 리가 없고, 어디로 튈지 모르는 세계시민으로 거듭날 자격이 있을 리 없기에, IP 테스트를 거쳐서 불순분자들이란 불순분자들은 죄다 인터넷상에서라도 만날 수 없도록 사전에 차단해버리는 것이다. 지금 총질을 하는 이 얼간이들은 분명 IP 테스트를 프락시 우회로 넘어가는 편법을 썼겠지. 어마어마한 금액을 기부하고 마약쟁이 자식을 하버드대에 입학시킨 모 엘리트 가문처럼. 그러지 않고서야 이들이 어떻게 세상의 얼간이란 얼간이는 죄다 걸러내줄 혹독한 IP 테스트를 통과할 수 있겠나. 아니, 그러고 보니 설마… 지금 이들이 병신 얼간이 연기를 하며, 세계시민의 자격이 있는지 없는지 내게 IP 테스트를 실시하고 있는 건 아니겠지? 이거, 누가 병신이고 누가 하버드대 석학인지, 누가 진정 자유를 논하고 누가 얼간이인지, 누구 편을 들어야 무사히 IP 테스트를 통과할지 슬슬 무서워진다.

깍두기

숨바꼭질 얼음땡 대놓고 굴러도 수업 시간에
아무 잔소리도 안 들어 뻘쭘한 지우개 따먹기
무슨 놀이를 하더라도
어느 시간에 들키더라도
어떤 술래에게 잡히더라도

영영 술래가 될 수 없는,
영영 악당이 될 수 없는,
영영 구박도 못 받고 숨을 수밖에 없는,
영영 썰렁썰렁 얼음으로 얼 수밖에 없는,

나는 설렁설렁 놀기 싫은데, 치열하게
나도 술래가 되고 싶은데,
나도 악당이 되고 싶은데,
나도 누구든 골려주고 괴롭히고 싶은데,
나도 깍두기 두목을 향해 정의로운 한주먹 날리며
썰고 썰리고 깍두기 국물 진탕 흘려보고 싶은데,

내 모난 면은 모두 네모나게
깍둑깍둑 잘려나가고
깍둑깍둑 당신들의 입맛에 맞춰 눈대중으로

깍둣깍둣 반듯한 얌전한 모양새가 되는 깍두기

무슨 놀이를 하더라도
어느 시간에 들키더라도
어떤 술래에게 잡히더라도
눈엣가시로 보이지 않을 때까지, 썰리고 썰려도

칼을 들어 무라도 벤다고, 칼을 들어
깍두기 썰다 살결을 썰어버린 날, 썰리고 썰려도

튀어 오르는 힘줄을 이어받아 울퉁불퉁,
내가 깍둑 써는 무는 언제나 울끈불끈,
깍둑깍둑 당신들 눈대중에 반듯하게 얌전하게
깍둣깍둣 잘려나가는 그 어떤 무보다 울퉁불퉁,
깍둣깍둣을 허락지 않아, 살결 스치기 무섭게
깍둑깍둑 베어버리는, 맹인 검객의 칼날처럼

여기, 깍둑깍둑 썰리고도 눈엣가시가 되어
깍둣깍둣 썰리지 않을 각오를 단단히 먹은

각 잡은 깍두기가 깍두기 국물 흘린다

아무

아무나 좀 만나 술이나 한잔하고픈 늦가을 밤
아무나 연락 좀 줬음 하는 기대는 포기하고
아무에게나 연락하긴 부담되고, 다들 바쁘다며
아무 스펙이나 자격증을 막 쌓아둬도
아무도 취업시켜주지 않는다고,
아무도 쉬엄쉬엄 살게 놔두지 않는다고,
아무 푸념이나 막 늘어놓아서,
아무에게나 연락하긴 부담되고, 친구들 중에
"아무나 좋으니 나한테 100억만 기부해줬으면"
아무 말이나 막 던져서 오히려
아무 부담 없던 친구에게 카톡 했는데
아무 대답도 없다가 몇 시간 뒤에 보낸 답장 :
'아무도 만나고 싶지 않아.' 뭔 헛소리하나 싶다
'아무도 없는 곳으로 가고 싶어.'
아무 말이나 막 했지만, 이런 말 할 애는 아닌데,
아무 머리카락이나 여기저기 쭈뼛쭈뼛 곤두서고
아무 생각들 필터링도 없이 머리카락과 뒤엉키고
"아무 번호나 찍어서 로또 1등 됐으면" 친구처럼
아무 말들이나 머릿속에서 어질어질 튀어나와
아무 위로도 하지 말아야 할 것만 같아, 그래도
아무 답장이라도 일단은 해야 할 것만 같아,

아무래도 친구의 급한 불은 꺼야 할 것만 같아,
아무 화두거릴 막 더듬어대고, 심금을 울릴 만한
아무렴, 친구의 우울함을 가라앉히면 그만일
아무렇게나 놀았던 시시껄렁한 추억들을 더듬다
아무 키나 두들기며 컴퓨터게임 하다 오류가 나서
'아무 키나 누르세요.' 컴퓨터 화면이 새파래지고
"아무 키는 키보드에 없는데" 덩달아 새파래져선
아무 키나 마구 눌러대던 친구가 엉겁결에
아무 키를 눌러 컴퓨터를 오류에서 구해냈던
'아무'는 나에겐 어디에도 없었던 추억이 생각나
'아무'는 친구에겐 어디에나 있었던 추억이 생각나
아무래도, 아무도 없는 곳도, 만나고 싶지 않은
아무와의 관계도, 내겐 없는 친구만의 사생활 같아
아무르 호랑이처럼 멸종 위기에라도 처했는지
아무도 함부로 간섭해선 안 될 소중한 사생활 같아
아무 위로도 안 했다. 다만 '알았어'라고 답했다.
아무래도, 친구를 도와줄 방법은
아무래도, 그게 최선일 것만 같았다.

부채춤

　손부채를 아무리 부쳐도 울화통이 터지던 지난여름 지인들과 술자리를 가졌다. 부채 탕감 운동이니 뭐니 사회 운동을 하는 S는 외국인 노동자들의 부채를 덜어내는 운동도 겸하고 있었다. S는 김치 한 조각 소주 한 모금 들이켜고, 외국인 노동자들을 수용소에 가둬놓고 강제 추방시키기 직전에, 철창 바깥으로 부채춤이나 구경시켜준다고, 불난 집에 부채질하는 것도 아니고, 이것이 우리 사회의 전통문화란 말인가, 손부채는커녕 선풍기 에어컨에 혓바닥을 들이대도 맵고 짜고 쓴웃음만 나오는 이야기를 늘어놓았다. 대화 내내 나도 한 소리 거들고 싶었는데 살랑살랑 부채를 부치듯 끊임없이 유려하게 이어지는 그의 화술과 언변 그리고 펄럭펄럭 부채춤을 돋우는 장구 장단처럼, 다른 이들의 추임새가 척척 맞아 들어가서 끼일 자리를 도저히 찾지 못하던 내 모난 입은 부채 족발이나 집어넣기 바빴다. 한참을 관람하다, S와 그의 쇼를 돕던 반주자들이 담배를 피우러 밖으로 나가고 나도 혼자 있기 좀 답답해서 덩달아 나갔다. 나는 그들이 성대와 기관 쪼그라드는 허파꽈리를 쥐어짜내며 부채가 휘몰아치듯 담배 연기를 밀어 올리는 모습을 보다, 골방이 자욱해지고 마른기침만 이어가도 덜덜 담배를 손에서 놓지 못하던 학원 선생 생각이 나서, 좀 안타까운 마음이 들어 "담배는 피우지 마요" 웅얼거리다가, 또 내가 은연중에 부채춤을 보는 외국인 노동자 대하듯 흡연자를 대하는 건 아닌지… 생각이 들어 말끝을 흐렸다. 그들 중 한 사람이 "네, 뭐라고요?" 물어보기 무섭게 나는 내 말이 도무지 혐오스러워 "아무것도 아네요" 아예 말을 말았다. S는 그런 내 모습을 보며 "취했구만" 저들끼리 수군거린다. 부채춤을 추는 부채들이 커다란 원을 뭉치듯이, 그들은 그들끼리 뭉쳐놓은 눈치를 나에게 툭 던지고 호프집 안으로 다시 들어갔다. 나는 커다란 원을 뭉치는 날 선 부채들을 망연히 바라보고만 있을 외국인 노동자처럼 바깥에 서서, 안으로 들어가는 그들을 멀뚱멀뚱 바라보고만 있었다. "취했구만" 이 말은 내가 미성년자 시절에도 심심찮게 동네 철없는 또래들에게 놀림조로 듣던 말이라 조금은 반갑기도 했다. 넌 어른이 되어도 술은 입에 대지도 마라, 무조건 신신당부하던 아버지의 말을 아주 잘 귀담아듣던 시절, 툭툭 맞곤 했던 "취했구만"… 그 말 그대로 내 혀는 툭하면 만취 상태인데 말이지… 이것이 우리 사회의 전통문화란 말인가, 딱히 화가 나지는 않았다. 나도 오지랖 넓게 담배 피우지 말라고 중얼거렸으니, 우리는 서로 부채(負債)를 지고 쇼를 한 셈. 그렇게 아무 말 않고 멍하니 서 있자니, 언젠가 부채로 얼굴 가리고 고독을 즐기는 낭인 같다는 말을 들었던 적이 생각나서, 나는 왼 손가락, 오른 손가락, 번갈아가며 코를 팠다. 이것은 왜지 이런 기분으로는 고독을 즐기면 안 될 것 같을 때마다 나도 모르게 튀어나오는 습관. S를 향해, 가운뎃손가락으로 코를 후비다… 괜히 무안해서 반대편 손으로 손부채나 부치던 나는, 고춧가루 묻은 집게손가락으로 번복하며 코를 후비다 기침만 실컷 했다.

히드라

어릴 적부터 전해 내려오는 내 이름 중 하나 히드라. 스타크 래프트 저그 종족의 히드라. 툭하면 침을 퉤퉤 뱉어대며 상대에게 데미지를 주는 히드라. 말할 때마다 뭔 놈의 침을 그리도 퉤퉤 뱉느냐며, 히드라를 앞에 둔 인류 연방의 시민들은 히드라의 아밀라아제 신물과 위산에 녹아내릴 듯 얼굴을 찡그리며 도망치기 일쑤였다. 도망치는 시민들을 뒤로한 채, 침 범벅 히드라를 마주하며, 귀신 잡는 해병대원처럼 용맹한 떡대를 과시하던, 좀 놀던 애들은 그 입 좀 닥치라며 히드라를 위협했다. 아드레날린 도파민 한가득 스팀팩이라도 복용했는지 온몸을 부들부들하며, 스팀팩 복용을 안 한 시민들은 히드라만 마주하면 그저 도망가기 일쑤였고, 스팀팩을 복용한 해병대원들은 히드라만 봤다 싶으면 돌격 앞으로, 튀어나와 히드라를 피떡으로 찢어발기기 일쑤였다. 툭하면 침 범벅 내 말은 해병대원들의 두두두두 기관총 같은 입 털림에 그저 거품만 물고 산산이 찢어발겨지기 일쑤였다. 시간이 지나 해병대원들도 인류 연방의 시민들도 히드라도 성장 호르몬의 영향으로 두뇌가 한층 발전함에 따라, 히드라가 퉤퉤 내뱉는 게 사실은 침이 아니라, 척추에 한가득 돌기처럼 돋아난 수많은 등뼈들 중에 하나라는 사실을 알아냈다. 과연 내 등과 목이 중학생 고등학생을 거쳐 괜히 구부러진 것이 아니구나, 말을 퉤퉤 토해낼 때마다 그토록 많은 등뼈들을 토해냈을 터이니. 어느 술자리, 등뼈가 되어 인류 연방을 지탱하는 정치와 사회와 문학을 논하며 상대방을 향해 잔뜩 등과 목을 주욱 늘어뜨리고 열변을 토해내던 중에, 퉤퉤 뱉어댄 침 아니 등뼈에, 데미지를 잔뜩 입고 무심코 등 돌리며 얼굴을 일그러뜨리던 인류 연방의 시민을 보며 히드라는 문득 깨달았다. 히드라는 더더욱 목과 등을 구부러뜨리며 몸을 움츠렸다. 히드라는 도대체가 인류 연방 정치 사회 문학의 유구한 발전에 도움 보탬 하나 되질 않는다. 거기에 그저 더러운 침이며 날카로운 등뼈를 말 대신 마구 퉤퉤 뱉어댈 뿐. 히드라는 등뼈에서 이어지는 낫처럼 날 선 손을, 펜을 후려갈겨대며, 찢어발겨댈 기세로, 등뼈가 되어 인류 연방을 지탱하는 정치 사회 문학에, 자신을 새기고, 흠집 내고, 끝끝내 부숴버릴 것이다.

그
무언가를
만날 수 있다면

내가 살면서는 물론이요, 내 조상님도 만날 일 없었고 내 후
손도 만날 일 없을 그 무언가를 만날 수 있다면, 외계인을 만
나고 싶다. 언젠가 새벽에 잠 덜 깬 꿈속에서처럼.

창밖을 보니 별들과 은하수와 은하단이 어지러이 흩뿌려져
있고, 시가형 UFO가 둥둥 떠 있고, 왜 하필 시가 모양이냐 물
으면, 내가 찾아본 바로는 시가형 UFO가 외계인들의 모선이
라고, 자칭 UFO 연구가들과 외계인에게 납치당한 이들이 그

렇게 주장하기에 그런 것이고… 딱히 내가 스모키한 시가 향을 한 모금 들이켜보고 싶어서 그런 건 아니고, 아무튼 시가형 UFO에서 흩어지는 담배 연기처럼 셀 수 없이 정찰기들이 나와서 나를 모시고 가는, 그런 상상을 해본다.

내가 그들과 어딘가 맞는 구석이 있어서, 그들이 대통령이나 판검사나 과학자나 그들 엘리트 집단을 휘어잡는 세기의 예술가가 아닌, 이런 엉터리 산문이나 끄적거리는 나를 모셔가겠지. 아마 그들의 외모, 그들의 지성을 기준으로 보았을 때, 지구인들은 엉터리로 생겨먹고 엉터리로 알아먹어서, 엉터리 중에서도 순 엉터리인 날 모셔가는 걸지도 모른다. 그리고 모선에 당도하여 그들과 나, 서로가 서로를 마주하는 순간, 나도 그렇고 그들도 그렇고 서로 화들짝 기겁을 할 것이다. 저기…

몰래카메라였습니다. 연극엔 관심 없으시죠? 어색한 인사를 주고받을지도 모르지. 홍대 거리에서 로맨스 코미디 연극 팸플릿을 나눠주다, 날 보기 무섭게 팸플릿을 건네주던 손을 잽싸게 거두던 그… 파충류 외계인처럼 생겨먹은 작자처럼 말이지. 망할 새끼. 당신 닮은 파충류 외계인한테 납치나 당해버려라. 아, 물론 적당히 실험당하고 적당히 혼쭐이 나고 적당히 정신머리 차리고 별 탈 없이 무사히 지구로 귀환했으면 한다.

김연필

김연필은 1986년 대전에서 태어났다.
2012년 《시와 세계》로 등단했다.
생물을 포함한 모든 작동하는 장치에 관심이 있다.

정녕

　너의 손등을 간지럽힌다. 네가 잠든 동안. 너의 손등에 볼
펜으로 그림을 그리고. 그 그림은 지워지지 않는다. 너의 손에
말을 적으면 너는 조금씩 말을 시작하고. 너의 그림은 조금씩
흔들린다. 나는 흔들리는 너를 안아본다. 흔들리는 너를 간지
럽힌다. 너는 웃고. 그러다 보면 검은 돌들이 우리를 둘러싼다.
손등에 그린 그림은 돌의 그림이다. 손등에 쓴 말은 물의 말이
다. 물이 너의 손등을 간지럽히고, 나는 웃는다. 웃음이 자꾸
만 돌 속에서 흐르고. 나는 너의 손등에 그린 그림이다, 너의
뺨이다, 물에 적신 너의 어떤 곳이다. 어떤 곳에 어떤 그림 그
린다. 너는 계속 웃는다. 나는 계속 우습다. 나는 흔들리는 것
들을 본다. 돌아가는 것들을 본다. 우스운 것들에 다가간다. 너
의 뺨에는 구멍이 많다. 너에게 물이 스미고. 너는 발화한다.
계속되는 발화 속에서 흔들리며 돌아가는 것을. 너의 손등이
지워지지 않도록 그리고 그린다.

예초

나무에 맨홀이 있다 뚜껑을 열면 불이 켜지는데

한 나무 위에 한 나무가 서 있다 벌판 위에 꽃나무가 하나
꽃나무가 둘

한 꽃나무를 흉내 내는* 한 나무 위에 벌판이 서 있다 거꾸
로 서서 검은 눈을 하고

한 눈을 하고 한 다리를 가진 뿌리 없이 자란 새 아래 맨
홀이 있다
나는 뚜껑을 열며 불을 끄고 불을 켜면 구멍엔 뚜껑이 자
라고

상실감으로 새를 덮는다 나무 위에 벌판 위에 작은 내가 있
구나

새는 어떤 이름으로도 새롭다 나무에 새가 있다 새는 항상
작은 나무이고

---

* 이상의 「꽃나무」 시구 일부 변형

54

벌판은 없다 시계가 있고 새의 뚜껑을 열면 날개가 펴지는
데

초침 소리가 들리고 조금씩 암전한다
박제가 있는 것 같구나 마음을 접는 것 같아서

미움이 이럴 수도 있구나 역시나 벌판은 없다 구멍이 왜 이
리 깊은지

나무에 맨홀이 있다 이상하다 꽃나무에 맨홀이 있다
뚜껑을 아무리 닫아도 맨홀이 있다 불이 켜지고 아무도 눈
을 뜨지 않는다

캘리포니아

　살다 보면 나무가 되기도 하고 불이 되기도 하고 나무가 되었다가 불이 붙어서 숯이 되기도 하고 숯으로 만든 숲이 되기도 하고 숲을 말아 만든 계란말이 하나 남겨두고 계란말이 하나 먹고 나서 나는 나를 먹어도 되는구나 하고 나는 나를 먹고 내가 되기도 하는구나 나를 먹고 하늘이 되기도 하고 하늘을 먹고 아스파탐 사카린 되기도 하고 알코올이 되기도 하고 그러고 보면 내 몸에 효모가 살았구나 내 몸의 효모가 매일같이 발효하는구나 매일같이 나는 술이 되기도 하고 불이 되기도 하고 증류해서 숲에 뿌려 불을 붙이기도 하고 불타는 숲을 보며 불타는 숯을 보기도 하고 매일같이 숲을 말고 돌돌 말기만 하고 두루마리만 만들고 두루마기만 만들고 숲으로 된 숯으로 된 두루마기 되어 털 많은 짐승에게 입히기만 하고 털 많은 짐승 만져주고 만져주면서 하루 종일 발효되기만 하고 술이 되기만 하고 증류되기만 하고 영혼이 되기만 하고 사막으로 가기만 하고 멀리 차 타고 달리며 1969년 이후 없었다는 미국의 영혼 같은 것이 되어 핑크빛으로 물들고 핑크빛으로 물들어 탄산만 뿜기만 하고

나의 정원은 영원히 돌고

*

정원, 우리의 금속성 사랑이 내려앉은
너와 나를 너와 나라 부르기, 너와 나를 너의 나라고 부르기

시계 소리 멈추고 꽃에도 조금씩 불빛이 돌기 시작하다 나
의 금속성 너, 우리의 무기질이 우리를 조금씩 좀먹다 사랑
의 계절 너, 우리의 사랑 너는 돌고 꽃잎을 하나씩 떼며 점
을 치고

*

너와 나의 시곗줄이 삭고 있었다 조금씩 삭아 시계는 매달
릴 수 없게 되었다 나는 조금씩 삭아가며 하늘에 있는 것들을
불렀다 모든 신이 시계로 내려앉았다 하늘이 조금씩 삭는 계
절이었다 너와 나는 시곗줄이었다 시계를 매달고 조금씩 죽어
가는 것들을 생각했다 시계는 계속 돌아가고 나는 너와 함께
할 수 있는 모든 것들을 생각했다 젖은 손가락으로 너의 손등
에 글쓰기 너의 손등에 적힌 글을 나의 입으로 말하고 있어도
조금씩 시계는 내려앉고 우리는 시계가 내려앉은 다음을 생각
해야 했다 시계에 신이 없으면 우리는 어쩌지 우리는 신 없이
시계를 돌릴 수 있을까 신도 다 삭은 날에 누구의 손목에 시
계를 채우면 좋을까 초침은 돌고 조금씩 지구가 돌아가기 시

작했다 한 하늘 아래 한 장면이 있고 장면이 조금씩 내려앉는
계절이었다 너와 나는 누구에게도 우리라고 말할 수 없었다

*

새들의 비행을 생각한다 매일 같은 곳에서 뜨고 같은 곳
에서 지는, 하늘에서 이루어지는 것을 땅에서도 이루어지도
록 하는
땅이 조금씩 돌아가고 불탄 새들의 정원에 핀 무기질 꽃, 때
리면 바스라지는, 우리는 돌고 사랑을 하나씩 떼며 마지막 장
면을 점치기만 하고

*

알아, 이제 시간이야,
조용히 잠들자 너의 볼에 새의 그림을 그려줄게, 손목에 꽃
시계 하나 차고

시계

말할 수 없는 것들로만 이루어진 시를 쓰고

슬픔 없는 시, 표정 없는 시
마음 없는 시, 몸 없는 시

말할 수 없는 것들로만 시를 쓰고

표정 없는 시, 마음 없는 시
몸 없는 시, 몸만 남은 시
몸만 남아 다가오는 시, 다가가도 소용없는
몸만 남아 말을 하는 시, 말로 된 시, 말할 수 없는 시

말할 수 없는 마음으로만 이루어진 마음을 쓰고

쓰고 나서도 읽지 않는 시, 읽고 나서야 시작하는 시
시작하지 않는 시, 시작되지 않는 시, 시작해도 소용없는 시
슬픔이 없는 십오 초* 같은 것, 슬픔만 남은 십오 초 같은
것, 단 일 분 같은 것

---

* 심보선의 시집

비정성시*, 아비정전**, 장국영 주윤발 같은 것, 쿼츠 시계 같은 것, 그러니까 석영이라든지

　그러니까 오래전부터 자라왔던 돌 같은 것, 돌 같은 시, 자라기만 하는 시

　그러고 나서도 말할 수 없는 시가 있고

　시를 쓰고, 시를 지우고, 썼다 지우는 내 사랑***이고,

　공장의 불빛****이 있고 외사랑이 있고, 슬픔 없고 표정 없는 내 사랑이 있고

　공장으로만 된 내 마음, 끝없이 넓어지는 공장인 내 마음, 공장뿐인 내 마음

　쿼츠 진동자 같은 것이 아닌 기계식 내 마음, 끊기지 않고 연속해서 움직이는, 태엽 같은 것이 박힌,

　눈동자 같은 것이 아닌 내 마음, 내 마음으로 쓰는 내 불빛, 내 불빛으로 쓰는 내 불멸 같은 것

---

*　허우샤오셴 감독의 영화
**　왕가위 감독의 영화
***　김광석의 〈잊어야 한다는 마음으로〉 가사 일부 변형
****　김민기가 작사, 작곡, 극작한 음악극

60

불멸로만 남은 시를 쓰고, 기계의 철커덕대는 마음을 두고,

끝없이 인쇄하고, 슬픔 없이, 표정 없이, 마음 없이, 몸 없이
몸만 남겨, 몸만 다가와, 몸만 다가와도 소용없고, 몸만 남아
말하고, 말해봐야 소용없이
끝없이 작동하는, 작동하다 멈추는, 멈추다 분열하는, 분열
하다 회전하는, 회전하다 진동하는
기계인, 톱니인, 태엽인, 마음인, 얼굴인, 표정인, 슬픔인, 사
랑인, 영혼인, 공장인, 석영인, 진동인,
불빛으로 만든 진동 같은 것, 진동하는 내 불멸, 불멸에 대
한 십오 초, 불멸에 대한 일 분간,
우연히 만났어도 어색하지 않은, 아주 오랜 연인처럼 길을
걷는,* 걷다가 멈추는, 멈추고 분열하는,

나의 비정성시, 아비정전 같은 시, 쿼츠 진동자 같은, 석영
같은,

---

* 김현식의 〈사랑의 나눔이 있는 곳〉 가사 일부 변형

순치

건물에 무엇이 있었습니까 그 건물은 투명합니까 유리로 되어 있습니까 그 건물은 단단합니까 부스러지지 않습니까 부술 수 없습니까 그 건물을 깨도 아무것도 무너지지 않습니까

건물은 흉물입니까 폐허입니까 건물의 기둥을 쳐도 건물은 여전히 건물입니까 물어도 대답하지 않는 건물은 건물일 수 있습니까 건물을 무너트리는 주문은 누구의 무엇입니까

입방체의 건물을 생각합니까 영혼으로 된 빌딩을 생각합니까 귀신이 되어 기둥 없이 빛만 머금는 탑을 생각합니까 그 탑에 사는 사람이 있습니까 슬픔입니까, 아픔입니까? 우리는 살생을 하는 건물을 생각하고 있었습니까 우리는 우리의 빛을 머금는 방식을 생각하지 않습니까 건물은 아픔입니까, 죽음입니까? 그 건물은 부수고 부숴도 부서지는 것입니까

눈이 부십니까 빛이 멈춥니까 그래도 마음은 부서지지 않습니까 건물 안의 남자 하나 검은 물고기 남자 쥐치 같기도 한 복어 같기도 한 빛이 쩌르면 몸이 부풀어 오르는, 남자가 부풀어 오르면 나타나는 여자가 있습니까 건물은 빛의 공간입니까 빛으로 나타나 빛으로 사라지고 건물이 사라지고 나면 건물은 증오입니까, 구원입니까? 멸망이라는 여자는 어떤 얼굴

을 하고 있습니까

　입방체로 된 얼굴에 떠오르는 죽음이 있습니까 그 죽음은 남자입니까 여자입니까, 쥐치입니까 복어입니까 빛이 찌르면 그 눈은 어느 방향을 향합니까 빛을 무는 물고기의 이빨은 무엇까지 갉아먹을 수 있겠습니까

　태초에 무엇이 있었습니까 그 태초는 투명합니까 유리로 되어 있습니까 물로 가득 차 있습니까 입방체입니까 슬픔입니까, 죽음입니까 영원의 기원입니까 유리로 된 남자가 평생 만든 어류는 어떤 고통의 비늘을 달고 태초의 폐허를 방황합니까

가뭄, 서커스, 배수구

시작하겠습니다 나무에 잎을 두고 잎에서 자라는 벌레를 두
겠습니다 벌레를 먹고 벌레만 먹고 벌레의 마음을 한 새를 달
고 새에 고철 하나 매달려 날아가는 풍경을 두고 잎을 키우는
나무를 보겠습니다 나무를 봐도 아무런 흔들림 없는 나를 보
며 나는 너에게 던질 물음으로 너를 놀래다가 네가 놀라면 안
되잖니, 아프잖니, 아프면 시작할 수 없잖니, 그러다 산에 매달
린 나무를 시작하고 싶어 나무의 병이 되었습니다

꽃에서 나무가 피듯 너의 생활에는 무거운 것이 매달린다
너의 생활은 아름답니 매일 좁은 집에서 더러운 집에서 작동
하지 않는 집에서 불운한 수도관을 부수니 불길하고 아름다
운 녹슨 철제 화장실을 부르니 불쌍한 것들을 떠올리며 사는
삶은 즐겁니 무겁지는 않니 사랑하기는 하니 너는 그러면서 너
와 함께 너의 집을 공구로 부수고 살아온 너의 소리를 듣는다

탕탕
탕
탕탕
탕탕
탕탕탕탕
탕

탕탕

고철, 나무, 새,

고물상, 서커스, 고물 개

나무로 만든 산에 핀 꽃, 산에는 꽃 피네, 꽃이 피네*

물이 멎고 남은 것들에게 시작을 물으면 새가 벌레가 되고 벌레 속에서 끓고 있는 물, 오물 속에서 끓고 있는

고철로 된 네가 서커스를 한다 나는 너에게 매달린 나무를 막는다 나무에게 장면이라 이름 붙이고 장면이 사라진 너를 본다 부서진 집에 사는 너 부서진 집이 사라지면 너는 어디에서 사니 나를 사랑하기는 하니 나무에 잎을 두고 잎에서 자라는 벌레 너를 먹고 자라는 벌레는 예쁘니 벌레의 예쁜 속에서 무언가 두들기는 소리가 들리는데 오래된 배관을 두들기는, 배관이 다 빠지고 껍데기만 남은 우리들

배경이 지워진 삶에 나무를 둔다 고사한 나무에 잎을 붙이겠습니다 우리는 왜 이럴까, 우리는 왜 이럴까 하며 나무 위에 서서 고철 장난감만 두드리다, 그런데, 있잖아 너는 (너의 귓속

---

* 김소월, 「산유화」

에서 새의 형상이 날아간다)

장치 없는
시를
돌리며

장치 없는 시를 쓰고 싶었다. 나는 지금 제주도에 와 있다. 제주도에 온 후 시를 쓰지 않았다. 여기는 함덕이다. 서우봉이 보이고, 호텔 사이로 바다가 보인다. 장치 없는 시는 없을 것이다. 시는 작동한다. 작동한다는 말은 장치에 의해 움직인다는 말이다. 장치가 드러나지 않는 시를 쓰고 싶었다. 그런 시를 본 적이 있는데, 끝까지 장치를 찾지 못했다. 찾지 못하는 것은 없는 것이라고 치자. 증명되지 않는 것은 존재하지 않는 것이라 치자. 유령이 있는가에 대한 이야기 같은 것이라고 하자.

제주에 와서 낚시를 시작했다. 동네 낚싯집에서 싸구려 루어 낚싯대와 간단한 루어 채비를 샀다. 제주는 바람이 세서 루어를 던지기가 쉽지 않다. 매일 낚싯대를 들고 해변을 걷는다. 바람이 불면 나는 나의 문법으로 걸음을 걷는다. 나의 문법은 나처럼 천천히 걷는다. 나의 문법은 나처럼 흔들리며 걷는다. 나는 나의 문법으로 생긴 걸음이다. 나는 나의 걸음으로 생긴 마음이고, 마음으로 생긴 계산이다. 나는 나의 문법을 계산하며 걷고, 나의 계산을 상상하며 걷는다. 상상 속에서 나의 문법에 대해 이야기한다. 이야기하며 걸어도 길은 보이지 않는다. 낚싯대를 들어도 길은 보이지 않는다. 나는 나의 리듬으로 글을 쓰는데 그게 내 글의 전부인지도 모르겠다. 약간 어긋나는 리듬이 좋은데 남들도 그걸 좋아하는지는 모르겠다. 언제는 문법으로 시를 썼고, 언제는 발화로 시를 쓰기도 했고, 언젠가는 서사로 시를 쓸지도 모르겠다. 가능한 한 서사는 피하고 싶은데. 서사는 너무 강한 장치라서, 서사에 의존하는 순간 다른 시적 요소들은 존재감을 잃는다. 요즘 방파제에서 루어를 던지면, 온갖 물고기들이 호기심을 갖고 몰려드는데 정작 미끼를 무는 놈은 잘 없다. 낚시 미끼의 역할은 못 하고 구경거리나 된다. 어제는 내 손바닥만 한 우럭이 웜을 보고 따라다니며 놀기만 했다. 그럼 안 되는데. 아무튼, 이 책에 실린 일곱 편의 시는 이런 마음으로 쓰고 묶은 것이다. 이것들이 좋은 독자들을 만나서 읽히면 좋겠다.

얼마 전에는 기계식 시계를 한 개 샀다. 바늘이 돌아가는 시계에는 쿼츠식이 있고 기계식이 있다. 쿼츠식 시계는 배터리를 이용해 석영 진동자에 전기 자극을 줬을 때 나오는 진동으로 작동하는 시계이고, 기계식 시계는 태엽을 동력으로 톱니바퀴로 된 기계장치들로 작동하는 시계이다. 쿼츠식은 초침이 1초에 한 번 움직이는데, 기계식은 초침이 초당 4회 정도 움직인다. 쿼츠식은 배터리가 들어가고 기계식은 태엽을 감아 움직인다. 쿼츠식은 시간 오차가 적고 배터리가 떨어질 때까지 수년간 이상 없이 작동하지만, 기계식은 태엽이 풀리면 며칠 만에 작동을 멈춘다.

어릴 적 아버지는 일요일이면 비디오테이프를 하루 종일 돌렸다. 옆에 앉아 홍콩 영화도 보고 미국 영화도 봤다. 그중 〈아비정전〉이 있었다. 다섯 살인가, 여섯 살 즈음에 본 것이라 내용은 기억도 안 나지만, 장국영이 장만옥에게 손목시계를 보여주는 1분간의 장면은 기억이 난다. 시계의 초침이 한 바퀴를 도는 장면. 쿼츠가 아닌 기계식 초침이 끊김 없이 부드럽게 한 바퀴 돌았다. 그 초침을 보면서 저런 시계를 사고 싶다고 생각했다. 근데 사실, 정말 기계식 시계였는지 기억이 나지 않는다. 그냥 그렇다고 기억하고 있을 뿐이다. 기억에서는 굉장히 부드럽게 초침이 돌았던 것 같은데, 내 기계식 시계는 초침이 거칠게 돈다. 내가 그 장면을 정말 봤는지도 모르겠다. 영화를 본게 아니고 영화 소개 프로그램에서 그 장면만 본 걸지도. 내 시계의 뒷면은 유리로 되어 있어서, 뒤집어보면 기계장치들이 작동하는 모습이 눈에 보인다.

곧 제주도를 떠난다. 시들도 내 손을 떠나 책에 실린다. 장치로 된 시계가 계속 작동한다. 나는 어떤 기계를 언제까지 돌릴 수 있을지 알 수 없다.

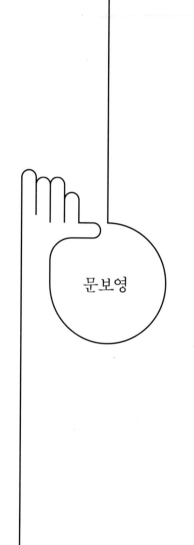

문보영

문보영은 1992년 제주에서 태어났다.
2016년 중앙신인문학상으로 등단했다.
2017년 시집『책기둥』으로 제36회 김수영문학상을
수상했으며 상금으로 친구 이신애와 피자를 시켜 먹었다.

혹

당신은 도서관에서 책을 빌린다
빌리자 책은 혹으로 변한다
겨드랑이 아래나 턱 부근 혹은 허벅지 안쪽에 붙는다
걷거나 기지개를 켜면 좌우로 덜렁거리고
만지면 물컹한데 주무르는 맛이 있어서 남몰래
만지작거리게 되는

당신의 혹을 보며 누군가
어! 저 사람 책 읽는 사람이다
하고 알아본다는 점이 당신을 힘들게 한다

이 혹은 내 혹이 아니야!
이 혹은 이 책에 난 거야!
이 혹은 단지 이 혹의 것이야!

당신이 흔들거리는 생각을 하면 혹도 따라 흔들거린다

혹이란 놈은 눈, 코, 입이 없으니 속을 알 수 없어

당신은 당신 속 당신에게 말한다

얼굴을 약간 돌리면 콧날이 보일 것도 같은데…

당신은 누구도 아닌 당신 자신에게 말했지만
이제 혹 또한 당신의 일부이므로 그 말을 듣고 있다

반대로
혹 안에서 일어나는 일 또한 당신에게 들리기 시작한다

여기다!
아니야, 여기다!
여기다!

안에서 벌어지는 일은 그뿐
출구를 향해 우르르 몰려가는 사람들
이쪽이다! 하면 이쪽으로
이쪽이다! 하면 이쪽으로 우르르 몰려간다

혹은 출구가 없지

라는 말은 책이 한 말인지 당신이 한 말인지 아니면 내가
한 말인지

중요하지 않다

이제 당신은 책을 읽으려 한다
그리고 책이 그것에 반대한다
회색이지만 분홍색인 혹이 말한다

나는 속이 없어

당신은 속이 없는 것을 하나 떠올려본다
투명 테이프
어디서 끝났는지 표가 잘 안 나는 그것
손끝으로 몸을 둥글게 더듬어봐야 끝을 알려주는 그것
어딘가 이상한 부분이 끝난 지점이다

거기서부터 뜯어내면 돼

당신은 다시 책을 집는다
어디까지 읽었는지 책장을 더듬어 찾고
거기서부터 뜯어내고자 한다
그러나 혹은 몸이 완벽하게 막혀 있지
피부가 오돌토돌하지만 끊긴 부분은 없어

끝난 부분이 어딘지 알 수 없으므로
당신은 책을 읽을 수 없다

분홍색이지만 회색인
회색이지만 분홍색인
혹은
당신의 생각이 흔들리자
따라서
흔들거리고

당신은 이제 책을 반납하고자 한다
당신이 흔들릴 때마다 흔들리는 이것을 제자리에 갖다 놓
기로

혹 떼주세요,
하늘나라색 와이셔츠를 입은 사서는 긴 서랍을 열어 긴 칼
을 꺼내
한 몸이 된 혹과 당신 사이에 갖다 댄다
어디서 어디까지가 당신이고 어디서 어디까지가 혹인지
정확히 알기 때문에 사서인 사서가

혹을
당신의 몸에서
절단해낸다
당신이 읽어서 당신의 혹이 된 책을 사서는
제자리에 갖다 놓는다

도서관을 나서는 당신은 누가 당신의 속을 읽을까 두렵다
그것은 제 혹입니다
그것은 제가 쓴 책입니다
그 안에는 제 속이 있습니다
라는 말은 혹을 떼어버렸으므로
당신과 나만 들었으며

모든 책은 얼마간 폐소공포증을 겪기 마련이지
라는 말은 도서관 사서가 자신에게만 들리게 고요히 내뱉
었다

가정과 결론

책이 독자를 완강히 거부하고 있다 1페이지 다음 2페이지를, 2페이지 다음 3페이지를 읽는 것이 기만이라고, 책이 온몸으로 표현하고 있다 2페이지를 읽으면 1페이지를 까먹으며 14페이지를 읽자 13페이지가 사라진다 100페이지를 읽으면 99페이지를 잃어버리는 구조로 책이 쓰이고 있다 내일이 오면 어제를 잃으며 어제를 잃은 자는 엊그제를 상실한 자를 포함한다 책이 원하는 방식대로 책을 읽지 않으면 독자는 기억상실에 걸릴 것이며 기억상실에 대항하기 위해 우리는 다른 방식으로 책을 읽어야 한다

책이 시작한다

세계는 복합적이기 이전에 강렬하다* 왜냐하면 연필은 참새이고 우주는 편견이기 때문이다 그러나 책은 인간적인 목소리로 말한다 나는 나에 관해 말하고 싶지 않습니다 그러나 무언가를 끊임없이 말해야 한다는 통증을 느낍니다

책은 하나의 사고실험만을 반복하고 있다 인간은 생각하는 갈대다, 라는 파스칼의 문장이 책의 가정이며, 반경 2미터 안에는 사람이 없었으면 좋겠습니다, 는 책의 유일한 결론이다 이것은 책의 자기 고백이자 기도이며 가정에서 결론이 도출되는 방식은 언제나 동일하다

---

* 가스통 바슐라르, 『꿈꿀 권리』

그것은 다음의 과정을 따른다

1페이지가 2페이지를 노려보자 27페이지는 11페이지를 노려보고 65페이지는 87페이지를, 47페이지는 99페이지와 31페이지를 노려보았다 책이 존재하는 이유는 노려봄이라는 동물이 1페이지에서 100페이지까지 운동하기 위해서였다

그러므로 책 속에 신발을 두고 간 자가 신발을 되찾으러 가는 일이 무의미한 이유와 책 안에 움직일 공간이 부족한 이유는 동일하다

책이 거의 눈물을 흘렸다

야망 없는 청소

그녀는 청소기를 꺼냈다. 청소기는 살이 없고 뼈가 노출된 구조이므로 만질 때마다 미안해지는 구조다. 그녀는 코드를 꽂는다. 청소하는 대신

집을 강이나 욕탕에 담갔다가 거름망으로 건지면 어떨까. 그녀는 청소기를 돌렸다. 그녀는 자의식을 아꼈다. 청소기의 주둥이는 여러 가지 사물과 부딪혔다. 그녀는

깨끗함을 원한다. 한 장의 백지를. 그녀는 자의식을 아끼기 때문에. 아무것도 적히지 않은 백지는, 아무것도 적히지 않았으면서, 아니 아직 아무것도 적히지 않았으므로 작은 공격성을 지닌다. 그녀는 아직 그녀 자신에게 생각되지 않았다. 청소기는

물건을 건드려야 했고 물건을 쳐야 했고 물건을 때려야 했다. 청소기는 부딪히는 모습을 보여주려 한다. 주둥이는 끊임없는 불일치를 경험하고 싶어 하므로.

청소기는 자의식을 아꼈다. 집안일은 그녀를 소박하고 야망 없는 사람으로 만들지 못했으며 청소를 할수록 집은 본분을 잊었다. 그녀는 사물들을 흩트리는 자이다. 그녀는 사물과 부

덮히는 자이다. 한 장의 백지와 같은 자신의 청소가 전투적이지만 공격적이지 않다는 사실을 보여주고 싶다. 청소기는

사람을 따라가기에 불합리한 구조이므로 끌 때마다 미안해지는 구조다. 그녀는, 자신이 집에 관해 아는 것이 거의 없는 이유에 관해 아는 바가 거의 없는 이유에 관한 생각을 관두었다. 그녀는 자의식을 아끼고 있으며 방금 어떤 결심을 무너뜨렸으므로.

그녀는 평생을 소박하고 야망 없는 청소기와 함께했다. 청소를 하자 모든 것이 불분명해졌다. 사물들의 위치가 조금씩 바뀌었으나 집은 유지되었다. 그녀는 자의식을 아꼈다. 청소를 끝냈으므로 그녀는 누군가에게 생각되었다.

공 공

공은 다른 공의 내부 구조가 궁금했다

날이 없는

공에게 날이 있을 수 없는

공이 놀러 간다 그런데

상해 입은 공과

상해 입지 않은 공을 어떻게

구분할 수 있을까

공간이 그리 넓지 않습니다

두 번째 공이 끈질기게 기억했고

첫 번째 공은 그것을 의도치 않았거든요

공은 과식했다

그렇게라도 하지 않으면

안 되니까

작은 수에서 큰 수를 빼는 걸 이해할 수 없습니다

가슴에서 수박을 꺼내는 데 너무 큰 어려움을 겪고 있어요

잘 찢기는 습관

공도 송곳일 때가 있었고

공,

이동 수단이 없는

남겨진 공,

겁나요

억울해요

배고파요

날이 없는 공

남겨진,

입을 크게 벌린다

입이 찢어진다

아,

버섯이 웃은 이유

다섯 개의 머리 앞, 한 개의 쓸쓸한 버섯이 놓여 있다

다섯 개의 머리 중 두 개의 머리가 화장실에서 나온다
손에 묻은 물기를 서로의 머리에 닦는다
버섯은 두 개의 머리를 보며
인간들의 연애란 저런 것이구나,
깨닫는다
남의 머리를 휴지처럼 쓰는!

나머지 머리가 머리를 끄덕인다

여기서 두 가지 의문이 생긴다

1. 사랑이란 무엇인가
2. 머리들은 왜 버섯과 마주 보고 있는가

2. 에 대한 답

다섯 개의 머리 중 하나가 입을 연다

○
나는 버섯이 좋습니다

버섯은 고운 맛이 납니다

버섯은 몸에도 좋습니다

버섯은 머리에 뭔가를 쓰고 있습니다

언제나 조금 오므리고 있습니다

안쪽으로 그늘이 져 얼굴이 어둡습니다

버섯은 왠지 폐쇄적입니다

○ ○ ○ ○
네 개의 폐쇄주의자들은 머리를 굴린다

1. 에 대한 답

남겨진 세 개의 머리가 인생을 논해본다

인생은,

나쁜 것과 더 나쁜 것 사이에서

고민의

연속

입니다! 버섯을

보면 지하철

환승 통로의 양말집이 생각나거든요

4년째 폐업 준비 중인

4년째 오늘이 마지막인

양말들이 버섯처럼

쌓여 있어요

세 켤레에 천 원 하는 양말들이

오늘이 마지막이다, 하고

누워 있습니다

믿어도 소용없고 믿지 않아도 소용없는

마지막이라는 말을 중얼거리며

이 짓거리도 오늘이 마지막이다

이 관계도 오늘이면 끝이다

그런데 무엇이 마지막이라는 건가요

버섯이 엎드려 있어요

버섯은 흠칫한다

버섯은 웃었다

버섯의 입장에서는 똑같은 다섯 개의 머리였다

그는 정말 친절한 이웃이었어요,

네 개의 머리가 하나의 머리에 대해

말하는 어떤

미래를 버섯은 내다보았다

버섯이 웃은 진짜 이유는 무엇이었을까?

화상 연고의 법칙

당신은 얼굴 한복판에 화상을 입었다 사람들은 화상 연고를 상비하지 않는다 한번 화상을 입은 사람은 당분간 화상 입을 일이 없을 거라 방심하는데 그것은 주사위를 던졌을 때 1이 나오면 당분간은 1이 나오지 않을 거라 믿는 무지와 종류가 같다 화상이 나은 이는 화상 연고를 누군가에게 빌려준다 *어차피 난 필요 없으니까, 난 이미 화상을 입었고 이제 나았으므로* 하지만 그 사람은 머지않아 화상을 입게 되며, 화상 연고를 빌려간 사람은 절대 화상 연고를 돌려주는 법이 없는데 그 이유는 화상 연고를 빌려준 사이 둘의 관계가 다른 이유로 틀어졌기 때문이다 관계가 틀어지지 않았더라도, 화상 연고는 특성상 돌려주기 애매하다 화상 자국은 언제 나았는지 모르는 사이 사라진다 그래서 약을 빌렸던 것도 까먹게 되며 화상을 입었던 사실조차 잊어버린다 설령 빌렸다는 사실을 깨닫더라도 너무 많이 써서, *이걸 돌려줘야 하나, 싫은 데다가 애당초 빌려준 게 아니라 그냥 준 게 아닐까?* 싶고, *그 친구는 아마 화상을 당하지 않을 거야, 걘 예전에도 화상을 입었으니까,* 하고 어물쩍 넘어가는 것이다 결국, 차일피일 미루다가 돌려줘야 할 적당한 시기를 놓치고, 너무 늦게 되고, 1년이 지나고, 2년이 지나고, 너무 오래 돌려주지 못한 게 마음에 걸려 친구를 슬슬 피하다가, 결국 관계가 틀어지고, 9년이 지나고 10년이 지나며, 그제야, *이제는 정말 돌려주어야 하지 않을까?* 라

89

고 생각할 수도 있겠지만, 10년이 지나 돌려주는 건 안 돌려주는 것만 못하다, 는 결론에 이르게 된다 그러니까 세상에 화상 연고만큼 인간관계를 껄끄럽게 하는 물건도 없다 그런 당신은 오늘 얼굴 한복판에 화상을 입었다 그런데 자연법칙인 것마냥, 화상은 꼭 주말에만 입어서 병원에도 약국에도 갈 수 없고 당장 화상 연고가 필요한데, 당신은 화상 연고를 친구에게 빌려줘버렸고, 그 친구는 또 다른 친구에게 빌려준 지 오래고, 그 친구의 친구 또한 화상이 다 나아서 화상 입은 다른 이에게 화상 연고를 빌려주었다는 식의 결론이 꼬리를 물고… 결국 하나의 화상 연고는 돌고 돌아 지구를 한 바퀴 돌지만 주인에게는 돌아오지 않으며, 따라서, 온 인류가, 인류를 따돌리며 도망치는 화상 연고 술래를 쫓아 술래잡기하는 형국인 것이다 그사이 화상 입은 자의 화상은 햇빛을 받아 색소침착이 일어나 검게 타들어가고, 시기를 놓쳐 흉이 져버린다 요컨대, 화상을 입었을 때 제때 화상 연고를 바르는 이는 세상에 존재하지 않으며, 세상의 화상 연고는 모두 대출 중이라는 것이 화상 연고의 교훈이다

감정교육

퇴근길

인간은 오락실로 향한다 하루의

피로를 달래는 그의 유일한 휴식

오락을 위해 머신에 토큰을 집어넣는다

머신은 머리가 크고 뿔이 두 개 달렸다

화면은 두 구역으로 나뉘며

두 개의 영상이 번갈아 나타난다

영상 A

이것은 붉은 담이다

붉은 담은 정지하고 있으나

그 위로 구름이 흘러가고 있으므로

세계가 운동한다는 사실을 알 수 있다

질문 1) 영상 A는 감정입니까 행동입니까?

영상 B

이것은 상공에서 찍은 트럭이다
트럭이 커브를 돌고 있다

질문 2) 영상 B는 감정입니까 행동입니까

선지를 보기 위해서는 토큰을 두 개 더 넣으시오

노동자가 토큰을 넣자 가능한 선지가 화면을 대신한다

① 붉은 담 뒤에는 붉은 인간이 산다

② 당신은 붉은 인간이 특별하다는 인상을 받는다
그는 머리를 아래로 하고 걷는다

③ 붉은 담 뒤의 트럭이 커브를 돈다
커브는 곡선이고 트럭은 온몸이 직선인데 어떻게 커브를 돌
수 있을까?

④ 머리를 아래로 한 붉은 자는 생각한다

세계는 누군가의 입천장입니다 그렇지 않다면 이렇게까지 매달려 있다는 느낌을 받을 이유가 없습니다

⑤ ③에 대한 답 :

트럭에게 마음이 있기 때문입니다

⑥ ②에 대한 답 :

붉은 담은 누군가의, 거꾸로 쏟아지는 머리이기 때문입니다

문장을 더 사시겠습니까?

인간이 토큰을 하나 더 넣는다

머신의 화면에 주의 사항이 한 글자씩 나타난다

당신은 공장으로 출근하는 노동자입니다 손가락이 자꾸 끊어지는 것이 걱정입니까? 접합 시술을 반복한 손가락은 물에 오래 담가도 더 이상 쭈글쭈글해지지 않습니다 이것은 고통이 제공하는 새로운 감수성입니다 끊임없이 떨어져 나가는 것에 관한 새로운 감정과 전술을 익히는 것은 머신의 임

무 와 오 락 의 즐 거 움 입 니 다

　당 신 은 통 증 에 관 한 당 신 의 취 향 과 무 관 히 영 상
A 와 영 상 B 를 시 청 해 야 하 며 붉 은 담 뒤 에 사 는 붉
은 인 간 의 , 언 제 죽 을 지 알 수 있 나 요? 라 는 외 침 을
들 었 다 면 그 것 은 통 증 에 관 한 당 신 의 편 견 입 니 다

새로운 가능한 선지

　① 붉은 담 너머 거꾸로 걷는 붉은 자의 생각 :
　지구 아래쪽에 사는 자의 머리가 남쪽으로 쏟아지지 않는
이유는 그자가 거꾸로 된 자이기 때문이 아니라 세상이 카메
라를 거꾸로 들고 있기 때문이다

　② 트럭이 커브를 돌았다 몸이 너무 길었다 꼬리로 표지판
을 치거나 붉은 담을 부수거나 유리를 깨도 머리는 알지 못했
다 자신이 무얼 무너뜨렸고 자신이 얼마나 망했는지 몰랐다 무
지했으므로 그는 앞으로만 달렸다 붉은 담 뒤의 붉은 자는 합
리적인 공간이 싫었으며 트럭이 그것을 도왔다

　③ 그러나 영상 A와 영상 B가 울고 있다 그것은 논리적으로

앞뒤가 맞지 않으므로 당신은 중립적인 감정을 느꼈으며 이것
이 놀이의 교육적 효과다

당신이 오늘 본 것은 붉은 담입니까 아니면 상공에서 바라
본 붉은 트럭입니까 당신이 무엇을 보았건 당신이 할 수 있는
것은 아무것도 없으며 여기서 중립적인 감정을 유지하는 것
이 중요합니다

손가락이 여러 번 잘린 노동자가 직접 선지를 만들어 입력
한다

영상의 주제 :

나는 공장 노동자입니다. 나는 온종일 손바닥으로 세상을
더듬었습니다. 그것은 나의 놀이입니다

머신의 붉은 담 위로 붉은 글씨가 나타난다

당신은 당신의 문장을 사시겠습니까?

내 딸의
제정신 아님

문보영을 낳은 김효림 씨의 일생은 다음과 같이 요약할 수
있다.

26세의 김효림—작아서 세상과 크기가 맞지 않는, 아기 문
보영의 어머니 되시나요?

32세의 김효림—자신이 닭이라고 믿고 있는 문보영 어린이
의 어머니 되시나요?

36세의 김효림—돌로 창문을 깬 문보영 학생의 어머니 되시나요?

38세의 김효림—급식실 3층 옥상에서 뛰어내린 문보영 학생의 어머니 되시나요?

45세의 김효림—개를 잃어버려 울고 있는 문보영 씨의 어머니 되시나요?

48세의 김효림—여전히 정신 못 차린 문보영 씨의 어머니 되시나요?

50세의 김효림—얼빠진 길 위에서 종이비행기를 날리는 문보영 씨 어머니 되시나요?

엄마는 나의 시를 읽고 말한다.

미안하지만, 무슨 말인지 하나도 모르겠다!

그러나 네 일기를 읽으면 알 수 있다. 적어도 네가 제정신이 아니라는 것, 그리고 제정신이 아닌 상태를 유지하기 위해 날마다 정신을 갈고닦는다는 것, 제정신이 아니기 위해 정신을 똑바로 차리고 있다는 것, 제정신 아님으로 세상의 한편을 빌어먹고 있다는 것.

그러나 엄마는 안다.
내가 엄마를 얼마나 많이 빼닮았는지를.

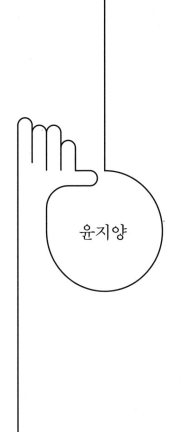

윤지양

윤지양은 1992년 대전에서 태어났다.

2017년 〈한국일보〉 신춘문예로 등단했다.

춤추는 로봇을 만들고 싶었지만 시를 쓰고 있다.

좋아하는 것을 함부로 말하고 싶을 때

자두씨
뱉는다
살이 이렇게 많이 붙었는데

자두를 드는 팔이 가늘어
내려놓고 싶다
자두는 무거워지고 싶다

손이 뚝
바닥에서 구른다

팔은 자두를 찾는다
사돈의 팔촌의 별장 앞까지 가서

자두 찾아요
자두를 잡은 손 찾아요
자두씨 저는 당신을 사랑해요

무릎을 꿇고 빌었습니다

누군가는 손을 묻고

별장을 떠났다

여기까지
사돈의 팔촌의 별장 앞마당에 심은
자두나무의 뿌리
밟은 사슴이
쓰러진 사람을 보고 한 귓속말

찾아요
사냥꾼을 찾아요
한 방의 총으로 나를 쏴 죽일

무릎을 꿇고 빌었습니다

러시아 소문

창문 깨지는 소리가 들렸다 접시가 구르고 고함
으르렁대고 못 잡아먹어서
안달이 난

예 그것은 사랑이군요
학자는 책을 덮으며 토론을 이어갔다

그렇담 평화와 함께 놓일 짝이겠군요
또 다른 학자가 책갈피를 찾았다

예 도스토옙스키는 이미 그걸 예견했지요
선생님은 사랑과 평화라는 책을 읽으신 적이 있습니까
저는 그런 것은 보지 못했습니다
에 그건 아직 한국에 번역되지 않았습니다

피에르와 장교가 사랑을 나누었다

그렇담 오직 러시아 책이겠군요
한 나라의 창문을 말한

접시 또한 말씀입니까

찻잔이 미소를 지었다

세계는 귓바퀴가 없는 듯했다

네가 말하기를

나는 아무런 고민이 없다

늘어선 돌들

개
똥

짜장면은 딱딱해졌고

젓가락은 고민이 없어

즐겁지 않은 단무지

왁자
지껄

너는 창밖에서 서성이지

수군수군

민들레가 쓸고 간 거리에

하품하는 선인장

가재 키우기

엄마는 나에게 도랑이란 말을 가르쳐주지 않았어요 처음 가재를 보았을 때 그 집 주소도 몰랐지요 자꾸 따라가고 싶었는데

맹하고
물이 계속 맹해서

돌을 더듬었어요 왼손으로 가지들을 집어 들어요 거품을 물고 자꾸 왼쪽으로만

뱅
다시 뱅 돌아서

키우던 가재 이야기를 했어요 단단한 껍질을 상상하는데 속이 빨갛대요 거짓말같이 풍경은 오른쪽으로 불어

바위 밑에 붙은
나는 자꾸 두꺼워졌어요

모두 입을 아

　머릿결이 풍성한 어머니와 대머리 아버지 머리 한 통은 작
은 동생과
　공룡 이름을 줄줄 외우는 오촌 형과 달리기를 잘하는 심장
병 걸린 소녀와
　멀리서부터 비누 냄새가 나는 같은 반 친구와
　준비물 : 브래지어를 집에 놓고 온 다른 친구와
　무뚝뚝한 동아리 선배와
　노래 부르는 사람과 그러나 못 부르는
　입양된 외국인과
　키우던 강아지를 잃은 남자와
　불면증에 걸린 여자와
　식사를 했습니다

어느 날 거미를 삼켰다

책장 밑에 숨은 거미를 밟았다
가늘고 가벼운

기침을 했고 의사가 사진을 보여주었다
기관지가 좋지 않네요

죽이지 못한 거미가 몸속에 줄을 친다

속에서 똑똑
심장을 재차 두드리면서
지나온 곳을 확인하려고

거미는 나오려고 데굴데굴 구른다
주저앉으며 문득
나머지 두 다리는 어디로 갔을까

올겨울엔 비가 조금 왔다

머릿속엔 자꾸 먼지가 들러붙었다

유리 장식장

곧 일어난다
바이올린을 연주하는 중에

엄마가 날 불렀다
지윤아
네가 어릴 때 기도하던 생각이 나는 거야

마치 어른이었던 때가 있었다는 듯

중리동 집이 빨리 나가야 하는데 안 나가서
빨리 집이 나가게 해주시옵소서
엄마랑 같이 기도했는데

둔산동으로 이사를 가고 이제는 새집에 와서
다시 기도를 하잖아 네가 대표로 기도를 할 때
빨리 집이 나가게 해주씨옵소서
기도를 했어 네가

눈을 깜빡였다

지윤아 이제 우리는 새집에 와서 그런 기도는 하지 않는 거야

엄마 그런 거야

응 그런 거야

연주를 멈추고

악기를 든 인형이 인사를 했다

당신의
젖꼭지를
상상합니다

　작가의 말을 쓰면서 저는 이 글을 읽는 독자들의 얼굴을 떠
올려보려고 했습니다. 책을 읽을 때 작가의 모습을 상상하듯
이 그 반대도 가능한 것 아니겠습니까. 그래서 저는 밤하늘에
독자 하나의 얼굴, 또 다른 하나의 얼굴 등등을 떠올려보려고
했지만 잘 되지 않았습니다. 여성일까, 남성일까, 어린이일까,
노인일까, 한국에 유학 온 다른 나라 학생일까 혹은 주인 몰래
글을 읽는 똑똑한 강아지일까. 너무 다양한 나머지 저는 여러

분들의 얼굴을 떠올리기를 포기했습니다. 그러나 단 한 가지, 여러분들에게 공통점이 있다는 것을 발견했습니다.

그건 바로, 여러분에게 젖꼭지가 달렸다는 것입니다.

저는 신이 나서 여러 젖꼭지들을 상상하기 시작했습니다.*

웃는 젖꼭지   화난 젖꼭지

병난 젖꼭지   털 난 젖꼭지

여드름 난 젖꼭지   (여러분의 젖꼭지 표정을
직접 그려보세요)

하지만 이마저도 포기했는데, 제 그림 실력에는 한계가 있고 여러분은 대체로 쌍으로 젖꼭지를 갖고 있을 것이며 전 세계 인구가 74억 9,000만이면 젖꼭지 수는 대략 그 두 배인 149억 8,000만으로 추정되기 때문입니다. 저는 149억 8,000만 개의

---

* 만약 다른 사정으로 젖꼭지가 없으신 분들이라면, 제 그림이 올려진 사이트 (eungangchokipoki.com/tits)로 들어가 출력하신 후 붙이셔도 좋습니다.

동그라미를 그릴 자신이 없었습니다.

　제가 담아내지 못한 젖꼭지들에게 죄송하다는 말씀을 드리고 싶습니다. 어쩌면 동그라미가 아닐지도 모르는 젖꼭지에게도 사과합니다. 저는 온전히 담아낼 자신이 없습니다. 이런 저의 태도로 시를 읽기 불편하셨다면 머리를 숙일 수밖에 없네요. 하지만 저는 최선을 다했습니다. 그렇습니다. 저는 제가 그릴 수 있는 만큼 그렸습니다.

최세운

최세운은 1982년 전북 전주에서 태어났다.
2014년 《현대시》로 등단했다.
빚이 늘어간다.

암모니아

비커 속으로 들어오는 날이었어요 풍선을 단 비명들이 빙글 빙글 도는 방이었어요 거품이 되어가는 아버지는 하나와 하나와 하나가 더해져 하나를 이루시나니 어린 회전목마를 따라서 나무는 바람에 심히 흔들리고 있었어요 아버지의 일부를 저장하는 밤이었어요 화창한 날에 보았어요 보관된 발목 아름다운 샬레 그리고 추상적이지 않은 형상의 비커 안에서 비커 밖으로 비커는 너무 쉽게 끓는점이 되고 침을 흘리곤 해요 비커는 그래요 비커는 그렇게 잠에 들어요 비커는 그래요 비커는 그렇게 교의를 입어요 조금씩의 용량을 따라 절망이 되려고 눈금을 기록해요 비커의 바닥에서 죽음이 동그랗다는 것을 아는 사람 있나요 비커는 오전이 되고 비커는 슬픔이 없어요 모든 비커를 열면 낙원이 있을 거라 믿어요 무릎을 모으고 입김을 불어 세계를 확장해봐요 신념을 잃은 손바닥들이 사방을 더듬는 날이었어요 문이 잠기고 눈을 감고서 가만히 미래를 흘리는 방이었어요 수많은 형태의 지문이 아버지의 몸으로 번져갔어요 비커 안에서 비커 밖으로 거대한 커튼이 불타는 밤이었어요

레버

　태초에 색종이 색종이는 길어 길면 아버지 아버지와 아버지
와 아버지와 우는 아버지는 아버지를 낳고 색종이의 형상으로
나를 공중은 길어 길면 공중에서 흩어지는 하늘과 비행기와
흔들리는 발을 잘라 손바닥에 붙이면 바나나 바나나는 길어
길면 방에서 방으로 이어지는 본문들 방언들 신령과 진정으
로 아버지와 아버지와 아버지와 우는 아버지는 아버지를 낳고
기도실은 길어 길면 아버지의 이름들을 암송하며 걷는 형제들
자매들 심심한 토요일 아버지의 겨울은 짧고 환상은 길지 커
튼이 있는 화장실에서 기도문을 외워 그러니까 장막과 반짝반
짝 빛나는 단칸방에서 아버지와 아버지와 아버지여 아버지는
우는 아버지를 낳고 색종이의 형상으로 나를 실핏줄은 길다
길면 실핏줄이 터진 눈으로 양털이 잘 마르고 있다, 라는 구절
을 외워 아버지 위에 아버지를 붙이고 아버지에 우는 아버지
를 붙이고 우는 아버지에 기차를 붙여서 아버지에서 나를 자
르면서 태초에 색종이 색종이는 길어 길면 오래된 아버지 변색
된 바나나처럼 우는 아버지는 아버지를 낳고 아버지는 색종이
의 형상으로 나를 죽여

도도

　창문은 비참한 기분이 든다고 했다 종일 차임벨이 울렸고
계절은 모두 환해져갔다 물고기는 발그림자를 벽에 남기고 흘
러갔다 도도의 기울기가 구름으로 점점 가라앉았다 도도의 기
울기에서 벗어나려는 어둠과 소금이 있었다 식탁에 두 손을 대
고 고개를 기울일 때 천장이 다시 흘러내렸다 도도는 앉았고
도도는 놓였다 창문은 거울 속에 놓인 열대 나무의 기억을 막
을 수가 없었다 챙이 넓은 모자를 생각하고 있었다 눈과 입술
을 가진 마르지 않는 잎사귀를 생각하고 있었다 해안에 피아
노가 있었으면 했지만 피아노 대신 방주가 놓였다 창가에 아
버지가 자주 비쳤다 믿음이 자라던 시절이었다 창문은 비참한
기분이 든다고 했다 창문은 더는 견딜 수가 없다고 했다 도도
에게서 늦은 비가 내렸다 도도는 여름 내내 그치지 않았고 창
문은 내 얼굴을 쓸다 울기 시작했다 미래가 기울어지고 있었다

식물원

하루 종일 식물원에 앉아 있다
햇볕이 간격을 만들며 흔들렸다

식물원에는 물고기를 위한 방 한 칸
구부러진 소나무를 위한 창문 한 개
그리고 각설탕 하나가 필요했다

사방으로 난이
물과 피를 쏟고
종일 죄를 짓고

식물들은 공동체를 위한 일이라고 했다
사과는 이른 아침부터 건축되고
식물들은 구두를 밖에 내놓는다

손으로 단추를 만졌다 단단한
테두리를 기억하려고 했다

식물 의자 한 개와 식물 모자를
기쁘게 생각한다 잔뿌리가 많은

식물들은 태어나자 발목을 자르고
빛이 더 들었으면 했지만 이제는
장미 넝쿨에 관한 꿈을 꾼다
비가 들고 가시가 돋고
아픈 친구들이 이파리를 내민다

침착해진 식물이 말했다 얼굴을 닦았고 줄기 너머에 빛이
없었다 사실 창문도 없었고 창문 너머에 우산도 창살도 구름
도 없었다 세미한 음성도 거대한 바람도 없었다 스스로 타는
불꽃도 언덕도 언덕 너머에서 걸어둔 모자도 얌전한 장갑도 없
었다 거짓말을 하며 기다릴 수 없었다 침착해진 식물이 진실
을 말했다

단추를 하나 줍는다
식물 침대 두 개와 저지방 우유 한 병을
기쁘게 생각한다 색감이 분명한

점점 단추는 모든 식물원에게
분명한 밤이 아니었다 식물원에게 확실한
증상이 없었으므로

사과는 2층 비계 너머로 건축되고
하루 종일 망치 소리를 낸다
식물원에 호스가 더 필요한 것 같다

사과는 멍든 채로 완성될 거야
침착해진 식물이 진실을 말했다

식물원에는 여러 장의 벽지가 발라졌고
나는 뜯겨진 오후 사이로 외출을 한다

빛이 더 들면 좋겠지만
무엇보다 호스가 더 길었으면 했다
단단한 테두리를 기억하려고
식물원은 셀로판지 놀이를
하고 있는 듯했다

몸속으로 비가 들었다
이제 햇볕을 기다리지 않기로 했고
가시들이 돋아날 때마다
단추들이 떨어진다

옆에서 난이

물과 피를 쏟고

종일 죄를 짓고

식물원에 밤이 온다

저녁

저녁은 가까운 양팔이 되고 저녁은 이별 중인 나무가 된다 구두를 신고 혼잣말을 하는 저녁은 더 가난한 안개로 걷히는 저녁은 일요일의 오후와 일요일에 굳게 닫힌 공장 문과 신발장 과 다시 일요일의 오후를 기억하고 저녁의 테두리를 걷다 저 녁이 된다 저녁에는 죽어야 할 저녁이 있고 머리맡에서 머리카 락을 흘리며 손을 놓아야 할 저녁이 있다 저녁은 저녁의 눈을 감기고 저녁은 저녁을 기대하고 저녁은 저녁을 간절히 먹는다 거울 뒤편으로 다가오는 저녁은 의자를 밀며 슬퍼질 때가 있 다 침몰하는 저녁과 바닥에 누워 천장을 바라보는 가족과 그 릇을 씻는 저녁은 빈 옷걸이에 저녁을 걸어둔다 저녁은 저녁을 회상하면서 거실 문을 잠그고 저녁 속으로 걸어간다 서랍을 비우고 바닥에 마르지 않은 수건이 있다 저녁에는 걸어야 할 복도가 많고 마주해야 할 깨진 창가가 있고 떠나간 실내가 있 다 저녁이 되어야 할 저녁은 낯설고 차가운 이불 속에서 모든 기침을 놓는 저녁에 있다

도도

　뒤꿈치를 올리고 도도 늦은 비가 내리고 전신주가 세워지고 도도 도도를 향한 어른들의 의구심에서 도도는 도도의 슬픔을 느끼며 도도 도도는 발랄한 창틀을 만들고 이국의 맑은 날씨를 궁금해한다 뒤꿈치를 올리고 모든 꽃다발을 형이라고 부르자 뒤꿈치를 올리고 모든 형이상학을 형제라고 부르자 도도는 깊고 오늘의 도도는 어두워 도도 옆으로 도도는 머리를 기울이면서 선악과의 주변을 만들고 선악과의 주변은 늘 소란스럽다 잃어버린 대관람차의 의미를 대입하면서 뒤꿈치를 올리고 도도 어두운 사과의 밑바닥이 태어나고 도도는 스펀지와 도도의 울음이 연결되는 지점에서 하늘은 멍이 들고 뒤꿈치를 올리고 도도 도도는 그다지 굉장한 존재는 아니지만 진화와 진화를 거듭해 도도는 도도를 고민하게 한다 동그랗게 말린 마음을 생각하면서 그날의 슬픔을 주문하는 도도는 헤어진 라일락의 안부를 묻는 도도는 인간의 감정을 다 배울 때까지 뒤꿈치를 올리고 도도

성령

바람이 누군가 짧은 비명으로 오는 그런 바람이

무릎을 꿇은 남자는 흰 벽에 흰 벽을 덧칠하는 그런 저녁이

더딘 지문이 모든 벽에 내릴 때 채색되지 않은 자리에서 메
마른 손가락이 자라난다

입김과 입김으로 번져가는 새벽이 고통과 고통이 마주하
는 겨울밤이

주전자를 든 아이가 까맣게 번져가는 땅속에서 울기를 시
작하는 모든 줄기가

물에 잠기고 하얗게 변색되고 창문으로 짙고 푸른 개들이
귀를 세우며 온다

모두가 모두에게 깨진 화분을 양보하는 대기실에서 간절한
선인장은 간절한 선인장에게 이별하며 터진 입술을 깨물고 매
설되는 마음과 비움과 손가락은 떨리는 빵과 소금을

뒤를 돌아보는 여러 개의 나와 여러 개의 회전문과 여러 개
의 울음과 여러 개의 지붕을 여러 개의 폭력과 여러 개의 가
스 불을 켜면서 빈 창가로 다가오는 백합화와 백합화의 불확
실성을 생각하면서

열기가 떨어지고
얼굴이 시작되고
손가락이 자라난다

남자가 서 있는 세면대에서 겨울과 새벽이 아그배나무에 묶
인 아들을 부르고 단단히 자라는 넝쿨이 사방에서 돋아나는
메마른 손가락이 복도가 되어야 할 저녁이 누군가 짧은 비명
으로 오는 그런 바람이

더 깊어지는 발밑으로
단추를 하나씩 풀며
어두운 밤이 온다

날이 저물어
저녁 그늘이
길어졌다

　살면서 빚이 늘어난다. 오래된 침대 하나, 창문 두 개, 서랍
을 가진 옷장과 책장이 놓인 방에서 빚이 늘어난다. 빚을 빛으
로 바꿔 생각하다가 얼굴을 씻고 이를 닦는다. 구석에서 머리
카락들은 한데 뭉쳐 말라붙었다. 밤새 서로의 무게를 덜어내
며 깊이 끌어안게 되었을까. 햇살이 맑다. 청구되던 고지서는
독촉장이 되어 문가에 붙었고, 정한 날에 전기와 가스를 끊겠
다는 메모를 읽는다. 잘 지내느냐는 안부는 연락이 없어 서운

하다는 답장으로 돌아오고 나는 내 삶에 지워진 요금들에 대해, 연체되고 있는 요금에 대해 생각하게 된다. 햇빛에 손을 내밀며 너는 얼마만큼의 평수와 얼마의 요금을 내고 있는지, 직업은 있는지, 하고 싶은 일을 하는지 묻는다. 슬프게도 오늘은 하나둘씩 뭔가가 끊어지는 날이다.

주전자에 물을 붓고 끓인다. 오늘날 사회에서 평범하게 산다는 것은 실로 안간힘이 필요한 일이고 청구되는 삶의 비용들을 조금씩 덜어내는 일이다. 삶이 끊어지지 않게, 당신과 나의 관계가 끊기지 않도록 청구서라는 이름으로 안부를 묻는 것 같다. 빚이 늘어가는 일도 혹은 그 빚을 덜어내는 일도, 속을 뜨겁게 덥혀야만 하는 간절한 일상이기에 기다려야 하고, 견뎌야 하고 그리고 미안해해야 한다. 주전자에서 물이 끓는다. 방 안에 널어둔 빨래가 말라간다. 물은 주전자의 내벽을 두드리며 소란스럽다.

삶은 전보다 위태로워졌고 가난해졌다. 자신의 빈곤함에 귀를 열지 않으면 타인의 고통을 듣기 어려운 요즘이다. 창틀 그림자가 조금씩 이동하는 오래된 벽지에서 얼마큼의 빚을 지고, 얼마만큼의 빚을 덜었는지, 오늘의 빚은 다 갚았는지, 당신에게 몇 자의 빚을 남겼는지 그리고 빚진 나는 어디서 절망할지 묻게 된다. 날이 저물어 저녁 그늘이 길어졌다. 내게는 갚아야 할 빚과 늘어나게 될 빚과 탕감을 받아야 할 빚이 남아 있다. 모든 죽음으로부터 아직 갚아야 할 빚이 있다. 고통과 고통이, 가난과 가난이 만나는 곳에서 새들은 도래지를 찾아 강으로 날아간다. 검침표에 사용량을 적고 빨래를 걷는다. 따뜻한 물을 마신다.

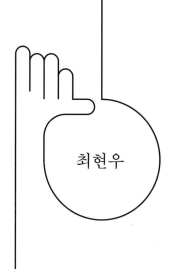

최현우

최현우는 1989년 서울에서 태어났다.

2014년 〈조선일보〉 신춘문예로 등단했다.

하고 싶은 말이 많았지만 끝내 하지 못해서 아직 쓰고 있다.

만남

외투 속
맞잡은 손
숨기고 나면
예쁜 매듭이었다

이제 내 주머니들 속에서는
잘린 손들만 가득
꿈틀거리며
팔목을 잡는다

아직
따뜻하다

혼자서도
가장 뜨거운 리본을 만들 수 있다

젖은 니트

질량이 없는 사람이 귀를 갖다 대고 심장 소리를 훔쳐가는 밤, 아프다가 잠이 들면 허공을 껴안는 잠버릇, 아침이면 가슴이 축축했다 오래도록 기억하면 혼령이 빨리 환생한다고 믿는 부족에선 이마에 죽은 자의 이름을 문신한다 물가에 얼굴을 비출 때, 다른 이의 눈동자를 마주할 때, 그 이름을 본다 가장 보고 싶은 망자가 제일 크게 적힌다 매일 밤 누군가 지우다가 돌아간 듯 여전히 몰래 문지르고 가는 듯 벗어둔 얼룩이 며칠이 지나도 마르지 않는다 기억을 묻힌 옷은 수의가 될까, 너무 오래 입어 입지 않아도 입고 있는 옷, 어떤 이름은 생각하는 것만으로도 팔다리가 따뜻하고 단 한 번 끌어안았을 뿐인데 눈물 자국이 알아볼 수 없는 글씨처럼, 가슴팍에 옮겨붙은 하나의 얼굴, 아주 푸르게 빛나던 이마가 사라지지 않는, 사라지지 않는 겨울, 거꾸로 적힌 표정을 반듯하게 뒤집어서 돌려주는 일이 할 수 있는 기쁨의 전부였던

주인 없는 개

자신을 버리고 있는 중이거나
시간에게라도 버려졌거나
따라갈 뒷모습을 찾고 있다는 듯이
제자리에 오랫동안 있는 것들은

무조건 반대 방향으로 걷는 중이었다
도망치는 사람으로 보이려고

나를 따라서 교차로를 건너는 물체가 있다
끝까지 따라오고 있다
요란하게 빗금을 그어 발길을 막는 경적 소리
작고 굶주린 개는 인간의 규칙을 모르고
놀라서 뒤를 돌아봤을 때
뒤에 있었다

거꾸로 시작해서 다시 처음을 만나는
끝을 끝으로 만드는 일에서는
한 번도 같은 버스를 탄 적이 없고

개는 아무것도 몰랐으므로
따라가느라, 따라오느라

죽을 수가 없었다

가는 길과
오는 길
구분되지 않는데

뒤를 돌아봤을 때
뒤에 있었다

귀엽고 슬픈 개를
품에 안고 돌아왔다

오후 네 시

어느 날
마음이 먼저 죽는 날이 올 거다

어떤 어깨
오른쪽으로 가방을 메는 사람에게는
왼손을 비워두어야 했던 이유가 있었을 거다

풍경에 길든 얼굴은
지하철에서도 자꾸 고개를 돌려
창밖을 본다

물건을 오래 쓰고 고쳐 쓰다 보면
흔적을 사용하는 방법을 알게 된다

처음 빙판을 걸었을 때
보폭을 망가뜨리는 일이 즐거웠다
둘 다 서투니까
손을 놓을 수 없으니까
자꾸 같이 넘어지면
먼저 일어나서 일으켜주고 싶어지니까

내가 아는 속기사는 형편없는 기억력을 가졌는데
병실에 누워 의식이 부서질 때도
옆 침대에서 들리는 유언을 받아 적었다

그 병실에는 아무도 없었는데

어떤 첼로
마찰을 지속하지 않은 현은
아무도 건들지 않는 거실 구석에서
음과 음의 기억을 떠돌다가
한 번도 내보지 못한 고음을 내며
펑, 끊어지기도 한다

믿음도 연습이야
그 단 한마디에 구원을 버린 적이 있다

그러니까 어느 날
무언가 먼저 죽는 날이 올 거다
그래도 우리는
살아 있어서 유능할 것이다

몸의 착각으로 만들어진 마음이 있는 것처럼

오늘도 오후 네 시가 지나간다

파프리카 놓인 부엌

이것은 심장?
아니, 빨간, 너무나 빨간 파프리카

탱글탱글 햇빛이 미끄러지는
싱싱한 체육
흙과 물을 섞어 먹고
초록, 초록에서 검정이 되었다가
가장 밝은 힘줄이 열릴 때까지
색채에서 어둠을 빼는
둘레, 쪽창 가득 굵은
연둣빛 꼭지를 연결하고
터져 나온 석양을 수혈받는
빨강, 흘러넘쳐 빨간 식탁
공간의 윤곽을 따라
현관을 향해 사물들의 그림자가 길어지고
이빨이 새겨놓은 하얀 실금들이
백발처럼 도드라지는 수저통 속 숟가락들
접시, 끼워놓은 책갈피의 기분으로
건조대 위의 늦은 오침 속으로
눈물 자국 섞여 남은 개수대
말라붙은 물때가 선명하게 떠오르는

식사와 식사의 사이, 구부러진 고요
그 중심에서 모든 색깔을 밀고 당기며
새빨갛게 두근거리면서
멈춰 있는, 멈춰 있지 않은

이것은 파프리카?
아니,
누군가 두고 가버린
너무나 붉은

일곱 살

　깨트린 무릎을 모아서 자랐다면 내 키는 조금 더 커졌을 거야, 태워주고 싶어 연습한 두발자전거에 끝내 보조 바퀴를 달고 너를 처음 뒤에 앉혀 달린 골목, 헝클어진 길을 뜯어 풀며 굴린 자전거가 무서운 건지 어깨를 붙잡은 손이 떨리고 아주 멀리 가고 싶은데 그만 가자, 집에 가자, 칭얼대는 너를 끌고 대문 앞에 내렸을 때 발가락에서 피를 흘리는 너는 울지 않았지 체인에 얽혀 뽑혀나간 엄지발톱, 내가 혼나도 울지 않던 네가 붕대를 감는 저녁, 자전거로 풀어헤친 길에 나를 가득 쏟아놓고 새벽까지 골목을 돌아다녔지 발톱을 찾으려고, 잃어버린 신발은 찾았는데 발톱이 없어 엄마, 다시 붙여야 하는데 없어 엄마, 노란 슬리퍼를 들고 울음 터진 내가 늦게 들어왔다고 더 혼나는데도 너는 울지 않았지, 퉁퉁 부은 발을 절뚝거리며 자전거 타자 오빠, 그래도 타자 오빠, 한동안 쳐다보지도 않은 자전거를 끌고 나오는데 쫓아 나오는 네가 미워서 도망가는데 내가 올 때까지, 다시 돌아올 때까지, 너는 울었지, 그제야 터진 울음소리 때문에 다시는 자전거를 타지 않았지 발톱이 자랄 때까지, 네가 자랄 때까지, 나는 길을 아주 오래 감고 다녔지, 세상의 모든 바닥을 살펴보려고, 거기에 울지 않는 네가 아직도 울지 않고 떨고만 있을 것 같아서

아베마리아

얼음이 녹으면서 컵에 남긴 자국들은 공기의 살갗이라죠
시원하다, 두 손으로 차가운 컵을 쥐고 이마에 문지르며
눈썹이 젖어 서럽다
기쁜 마리아, 이제 없을 여름아
그 순간 나는 내 삶 그만 살자 생각했죠
당신이 더운 쇄골을 따라 훔쳐낼 때 매달린
땀방울 속 빛을
기었어요 순진한 무릎으로 기도를 빛내면 전구가 될까
그러나 마리아, 어둠이 무언가를 보게 할 수도 있나요
벽돌 한 칸 빠진 건물 기둥에서
긴급하지 않은 위태로움 속에서
무너진다, 무너지지 않는다
멍청한 희망으로 시곗바늘을 돌려 도망친 숲속
들짐승처럼 둘러싼 슬픔을 깨달았을 때
다쳐서 흘러나온 사람에게서는 우유 냄새가 난다는 걸 알
았죠
그날의 빛, 이제 없는 마리아
혼자서도 단단하고 차가운 컵을 쥐면
작고 미끄러운 미간을 만지는 기분
또다시 눈을 뜨면
반짝거리는 눈썹 한 쌍

허공을 문지르며 젖은 햇빛을 닦아주고 싶은 아침
그 순간 나는 내 삶 살 수 없다 생각했죠
가을의 풍부한 사방을 아무리 돌려세워도
나타난다, 나타나지 않는
마리아, 사람은 왜 만질 수 없는 날씨를 살게 되나요

시인의
말

구부러진
얼굴로

가끔은 고개를 들어 하늘을 보는 일만으로도 여기가 아닌
다른 곳에 서게 된다.

만남을 생각할 때, 만나게 될 사람과 세상과 풍경보다 만
나서 지나왔으므로 더 이상 만날 수 없는 순간들이 떠올랐
다. 끝나고 멈췄으니까 더 이상 만날 일 없는 사람과 세상과
풍경을 나는 어쩌면, 한 번도 제대로 만나지 못한 건 아닐까,

생각했다. 그때는 몰랐고 어렸고 슬펐다. 나라는 영혼은 기어코 내가 살아서 지난 기억의 전부보다 작다. 일곱 편의 시들은 거기서 시작했다. 그렇게 시작하고 싶다는 어떤 마음이 있었다.

그러니까 미래는 도무지 알 수 없는 일이다. 당신이 없이도 나는 살아남았고 많은 걸 버리고도 여전히 무언가 두 손 가득 들고 걷는다. 아무도 없는 곳에서 충분히 넘어졌다가 사람이 많은 곳에서는 울지 않았다. 알 수 없는 일은 알고 싶었지만 그럼에도 모르는 일은 모르고 흩어졌다. 다시 만나야 했다. 서툴지만 그렇게 버텨지는 삶도 있다고, 아마 그렇게 외딴곳에서만 벌어지는 일은 아닐 거라고. 잘 만들어진 행복에는 시간이 흘린 피들이 묻어 있었다. 마른 헝겊으로 닦고 싶었다. 간혹 반들반들하게 닦인 기억에는 우스꽝스럽게 구부러진 내 얼굴이 다시 묻었다.

그날의 겨울과 여름, 개와 부엌과 동생을 나는 다시 만났다. 그러나 진정으로 만난 건, 만남 이후의 무엇이라는 생각이다. 그런 것들이 남아서 나를 계속 만나고 있다. 다만 바라게 되었다. 내가 당신들에게 악몽이 아니었기를. 내게 당신들이 결국 불행이 아니었음을 이제는 알 것 같으므로.

이 글을 적는 오늘 밤은 갑작스러운 겨울이 왔다. 본가에 두고 온 두꺼운 외투들이 생각났다. 내일 나는 조금 떨면서, 다정했던 어깨들을 만날지 모르겠다.

앞으로는 아름답지 않아도, 괜찮을 것 같다.

모든 것이 불분명해졌다

등단한 지 얼마 되지 않은 시인들의 시를 읽는 것은 최근 시의 면면을 살펴볼 수 있게 해준다는 점에서 흥미로운 일이다. 어떤 차별적인 감각이나 유형이 떠오르고 있다면 분명 그 속에서 가시화될 것이기 때문이다. 물론 그들을 '최근'이라는 한 지형에 넣는 것이 그리 큰 의미는 아닐 수도 있다. 각각의 감각이 새로워도 모두 다르게 새롭고, 시도가 과감해도 다른 양상으로 과감할 것이기에 '최근'은 최소한의 범주여야 한다.

그럼에도 최근에 쓰이는 시에서 중요하게 눈에 띄는 점을 한 가지 지적해야 할 것 같다. 그것은 시의 수사라고 할 수 있는 비유나 상징이 점점 축소되거나 제한적으로만 나타난다는 사실이다. 젊은 시인들의 시뿐만 아니라 많은 현대시들은 사물이나 상황을 구체적으로 호출하는 데 관심을 기울이며, 이것들 뒤에 예전처럼 무언가를 담아놓지 않으려는 경향이 있다. 비유는 때때로 불필요한 무장으로 여겨지기도 한다. 무장이 해제되고 보다 직접적인 묘사나 진술이 선호되는 것이다. 그만큼 언어나 사물의 육체가 강조되고 그 너머의 정신이 해지되는 중이다.

이제 시는 이전에 비해 중요한 무엇인가를, 가치나 의견을 말하려 하지 않는 듯 보인다. 위대하고 그럴듯한 의미의 발견이나 통찰이 점차 사라지고 있다. 최근의 시에서 두드러지는 것은 반대로 스타일이다. 말하는 방식의 새로움 말이다. 현대시가 가진 까다로움이 있다면 그것은 내용 파악의 어려움에서 오는 것이라기보다 스타일의 특이성과 이로 인한 생경함 때문이다. 다시 말하면 현대시가 어렵게 느껴지는 것은 시의 고유한 성격에서 비롯되는, 무엇을 뚜렷하게 말하지 않기 때문이 아니라 그동안 전해 내려온 익숙한 방식으로만 말하지 않기 때문이다. 그래서 읽기 어렵다.

이것을 큰 흐름으로 이야기하면 내용, 의미, 메시지, 전언을 중시하는 깊이의 시들이 물러가고 사물, 표현, 감각, 스타일의 시들이 양산되는 중이라 할 것이다. 2000년대도 10년을 훌쩍 넘긴 지금, 무엇을 말하는가에서 어떻게 말하는가로의 이동이 더 세분, 확산, 정교화되고 있는 중이다. 그 구체적 면면을 7인의 신예 시인들의 시를 통해 목도할 수 있을 것이다.

1. 김기형—계속해서 온다 계속 계속 계속 계속 모른다

김기형 시인의 시는 수평적이고 평면적이며 불균형적이다. 이미지들은 선별적으로 세워지지 않고 뚜렷한 전개나 방향을 보여주지 않는다. 어느덧 뒤에, 옆에, 앞에 사방에서 물밀듯 다가와 있다. 다가오고 나서도 계속해서 오는 중이며, 그렇게 홀연히 지나친다. 무엇이 왔는지, 무슨 사건이 벌어졌는지 식별하

기가 어렵다. 그래서 다가온다기보다 흘러온다는 말이 더 적절할 것 같다. 그냥 미정의 어떤 움직임이 시에서 흘러 다니는데 이것을 중간에 세울 수가 없다.

내 뒤에는 천사가
천사와 천사들을 이끌고 노래를 부르며
천사의 손을 세워

색을 지운 얼굴로 지나간다

온몸이 끄는 옷자락
바람이 지우는 발

깨진 유리 조각 위를 통과해

커튼 뒤를 열면
작은 사람
오래전 돌아온 사람이다
오래전 돌아와 오래 앉은 사람

눈 마주친 천사들을 기억해

벗어둔 신발, 왼쪽과 왼쪽

푹 꺼진 모래 바닥

깎아진 뒷모습

툭툭

손이 온다

—「밤마다 초를」 부분

　이 시에서는 계속 무엇인가가 오고 지나간다. 먼저 등장하
는 것은 천사다. 하지만 천사는 지나감으로써 커튼 뒤의 "작은
사람"과 겹쳐진다. 그 "작은 사람"은 이번에는 "눈 마주친 천사
들"의 자리로 간다. 시는 다시 "툭툭/손이 온다"라고 함으로써
"손"이라는 대상으로 이동한다. "천사"나 "작은 사람"이나 "손"
으로 흘러가는 묘사는 이미지의 독자성과 수직성이라기보다
는 불분명한 경계와 수평적 이동에 가깝다. 이미지의 진행은
결코 의미의 응결이나 고정을 초래하지 않는다. 이동의 원인을
유효하게 설명할 수 없다. 이들은 오고 지나가고 존재하고 또
온다. 이들 사이에 존재의 막이 감지되지 않는다.
　김기형 시인의 시는 이와 같이 이미지나 진술의 평평한 경과
를 통해 맥락을 소거하고 편재하는 부유성과 일시성을 드러내

는 방식을 취한다. 존재들은 무의미한 이동의 순환 배열 속에 있다. 이것을 멈출 수가 없다. 「호수의 숙녀」에서는 "어디에서 편지가 왔다 편지는 흰옷에 대해서 말하고 있다", "어디에서 편지가 왔다 눈빛에 대해 말하고 있다"라고 무심한 반복을 하며 그 행간을 파편적인 대상들로 채우면서 문득 "호수의 숙녀"가 왔다고 한다. "호수의 숙녀"란 무엇인가. 다른 배열하에서 이 것은 "천사"이고 "작은 사람"이며 "편지"에 다름 아닐 것이다.

이렇듯 그의 시에서는 항상 무엇인가 온다. 그러나 그것이 무 엇인지는 모른다. 어떠한 무엇도 다른 무엇 이전에 잠시 나타날 뿐이다. 시인은 흘러가고 출몰하는 세계를 시에 담아낸다. 이것 은 세계라는 미지를 붙잡는 것이 아니다. 알 수 없는 세계, 알 수 없는 마주침들이 나타났다가 사라지는 것이다. "밤을 새워 서 오고 있는 사람이 계속해서 온다 계속 계속 계속 계속 모 른다".(「빛이 지나가는 우주」) 무엇이 계속 와도, 계속 모르는 상태로 다가올 뿐이다.

2. 김민우―아무 키나 누르세요

이 세계에 존재하는 규칙이나 게임을 가시화시키고 그 원리 에 대해 생각해보는 것은 그것이 중요하거나 필수적인 것이어서가 아니다. 시인이 유독 성실하거나 민감해서도 아니다. 단지 그것이 즉각적으로 눈앞에 있기 때문이다. 그 룰이 논리를 가지고 있는지 없는지가 문제 되는 것이 아니다. 그것에 어떻게 존재라는 육체를 겹치느냐가 흥미로운 것이다. 존재는 현재라는 몸을 가지고 있기에 당면한 룰을 통과하지 못한다. 게임에 반드시 걸린다.

김민우 시인에게 세계는 지금 룰을 가지고 있기에 얼굴을 지니고 나타난다. 이것이 없다면 우리는 세계를 어떻게 인지할 것인가? 어떻게 세계와 접촉할 것인가? 그리고 그 룰과의 접촉에 의해 '나'라고 하는 존재를 감각한다. 이것은 거의 동시적으로 작용하는 것이다. 어느 한쪽도 생략되거나 소멸되지 않는다.

시인은 생생하게 게임의 현재성에 대해 진술한다. 예컨대 다트를 던지는 행위는 다트 게임과 만나는 일이다. 점수를 얻고 잃는 일과 만나는 일이다. "틀리는" 일과 "틀린 게 한 번 더 틀려서"(「다트」) 틀리는 속성이 무화되어버리는 순간을 체현하는 일이다. 「IQ 추적」이나 「IP 테스트」 같은 "프락시 우회"들은 또한 우리를 얼마나 밋밋한 가담이도록 하는가.

아무 화두거릴 막 더듬어대고, 심금을 울릴 만한
아무렴, 친구의 우울함을 가라앉히면 그만일
아무렇게나 놀았던 시시껄렁한 추억들을 더듬다

아무 키나 두들기며 컴퓨터게임 하다 오류가 나서
'아무 키나 누르세요.' 컴퓨터 화면이 새파래지고
"아무 키는 키보드에 없는데" 덩달아 새파래져선
아무 키나 마구 눌러대던 친구가 엉겁결에
아무 키를 눌러 컴퓨터를 오류에서 구해냈던
'아무'는 나에겐 어디에도 없었던 추억이 생각나
'아무'는 친구에겐 어디에나 있었던 추억이 생각나
아무래도, 아무도 없는 곳도, 만나고 싶지 않은
아무와의 관계도, 내겐 없는 친구만의 사생활 같아
아무르 호랑이처럼 멸종 위기에라도 처했는지
아무도 함부로 간섭해선 안 될 소중한 사생활 같아
아무 위로도 안 했다. 다만 '알았어'라고 답했다.

—「아무」부분

이 시에서 "아무"라는 부정 형용사나 부정 대명사는 게임의
기본 규칙 중의 하나인 인풋과 아웃풋의 함수를 헐어버리고
세계를 무분별한 개방으로 크로스시킨다. 우선 "아무"는 인칭
의 편제에 속하지 않기 때문에 세계를 작동시킬 수 없고, 오직
지연만 시킬 뿐인 무위에 연결된다. 하지만 흥미로운 것은 김
민우 시인이 그러한 해방적인 부정 대명사를 보통 명사로 탈바
꿈시킨다는 점이다. 그는 "아무 키나 누르세요"의 무한 자유를

"아무 키를 눌러 컴퓨터를 오류에서 구해"내는 구체적 상황으로 접수하는 것이다.

시는 무엇인가. 시에 담을 수 있는 것은 무엇인가. 이 세계가 즉물적으로 생겼다는 것, 우리를 에워싼 규칙이나 형식들이 그 미숙함과 부적절함으로 표시를 내고 우리가 그와 비슷한 어리석음으로 조우한다는 사실만큼 시에서 실감 나는 일은 없다. 김민우 시인은 지금 당장 눈앞에서 벌어지는 이러한 일들의 실감을 채록한다. 그리고 이 조우가 시라는 언어 구성 속에서 그가 납득할 수 있는 최소한의 구체성으로 감지되는 순간 "아무 키는 키보드에 없"지만 "아무 키를 눌러" 세계를 작동시키는 것이다.

3. 김연필—끝없이 인쇄하고, 슬픔 없이, 표정 없이, 마음 없이, 몸 없이

김연필 시인의 언어는 즉물적이고 육체적이고 생성적인 언어이다. 시의 언어는 의미를 나르는 도구라기보다는 그 자체 본래적으로 자족적인 것이지만 이러한 특성이 김연필 시인의 시에서처럼 충분히 발현되는 경우는 흔하지 않다. 그의 언어는 그렇게도 육체적이어서 마치 수중 생물인 해파리나 말미잘이

물속을 이리저리 떠도는 것 같다. 단세포적인 문장이 온몸으로 숨 쉬고 느릿느릿 움직이면서 산란한다. 문장의 여기저기가 순간순간 분열하면서 새로운 언어가 태어난다.

언어가 의미나 이미지를 구성하는 것이 아니라 단지 그 자리에서 생성되는 현장이 그의 시다. 시가 되기 위해서 준비해야 할 것은 아무것도 없다. 치러야 할 의식도, 형식도 없다. 가장 기초적인 재료, 하나의 단순한 문장만 있으면 된다. 문장 하나가 퍼져나가는 것을 보자.

너의 손등을 간지럽힌다. 네가 잠든 동안. 너의 손등에 볼펜으로 그림을 그리고. 그 그림은 지워지지 않는다. 너의 손에 말을 적으면 너는 조금씩 말을 시작하고. 너의 그림은 조금씩 흔들린다. 나는 흔들리는 너를 안아본다. 흔들리는 너를 간지럽힌다. 너는 웃고. 그러다 보면 검은 돌들이 우리를 둘러싼다. 손등에 그린 그림은 돌의 그림이다. 손등에 쓴 말은 물의 말이다. 물이 너의 손등을 간지럽히고, 나는 웃는다. 웃음이 자꾸만 돌 속에서 흐르고. 나는 너의 손등에 그린 그림이다. 너의 뺨이다. 물에 적신 너의 어떤 곳이다. 어떤 곳에 어떤 그림 그린다. 너는 계속 웃는다. 나는 계속 우습다. 나는 흔들리는 것들을 본다. 돌아가는 것들을 본다. 우스운 것들에 다가간다. 너의 뺨에는 구멍이 많다. 너에게 물이 스미고. 너는 발화한다. 계속되는 발화 속에서 흔들리며 돌아가는 것을. 너의 손등이 지워지지 않도록 그리고 그린다.

—「정녕」 전문

이것은 어떤 의미나 상황이 아니다. 언어들의 복제와 접촉 같은 것이다. "너의 손등을 간지럽힌다"와 같은 간결한 문장이 놓인다. 손등이 반복되면서 손, 그림이 이어지고, 돌, 물, 구멍들의 환기가 나타나고, 처음의 간지럽힌다는 흔들린다, 웃는다, 흐른다, 스민다, 발화한다로 계속해서 귀환한다. 말들은 복제되어 조금씩 방향을 틀었다가 제자리로 돌아오고 다시 이동하다가 재결합한다. 옮겨 다니는 말들, 흩어졌다가 모이고 조금씩 몸을 바꾸었다가 재생되는 말들 외에 다른 것은 없다. 오직 언어들의 공연만 이루어지는 무대이다. 인칭도, 소유 관계도, 시제도, 위치와 자세도, 접속도 정해져 있지 않을뿐더러 자유롭고 무작위적이고 열려 있다. 여기엔 어떤 초점도, 핵심도, 질서도, 결말도 없다. 언어들의 유려한 운동이 있을 뿐이다.

이것을 일종의 언어의 가능성의 세계라 부를 수 있지 않을까, 언어의 잠재태가 현실화되는 순간 말이다. 잠재적인 것과 현실화한 언어의 구분이 뚜렷하지 않고 평등하기에, 더 많은 잠재적 언어의 존재가 감지되는 것이다. 그리고 이를 통하여 보이지 않는 것과 보이는 것의 교환 과정이 그려지면서 시가 전개되어간다. 그의 시는 언어의 가능성이 최대화되는 세계다.

그리고 이 세계에서는 전적으로 임의적이고 즉물적인 언어의 분열과 형성이 이루어진다. 이것을 시인은 "끝없이 인쇄하고, 슬픔 없이, 표정 없이, 마음 없이, 몸 없이"(「시계」)라고 진술한다. 근거와 이유가 아니라 다만 언어들의 "인쇄"가 시를 만드는 것이다. 인쇄는 같은 모양을 낳는다. 표정도, 마음도, 몸도 없는 무차별한 연쇄의 세계다. 언어들의 행렬이다. 사건이 아닌 언어의 인쇄, 언어의 작동, 언어의 자발성의 세계. 현대시의 한 전형을 보여준다 할 것이다.

4. 문보영—모든 것이 불분명해졌다

문보영 시의 세계는 흥미진진하면서 그로테스크하다. 시 안에서 벌어지는 상황은 단순하고 익숙한 요소의 조합인데도 불구하고 기필코 낯선 전환을 하거나 뜻밖의 아이러니로 결과하거나 논리의 전도를 가져온다. 그리고 사물에 대한 우리의 고정적 인식을 비웃고 질서와 배치의 허위를 환기시킨다. 우리가 사물이나 세계와 맺고 있는 관계의 일방향성은 그의 시를 통해 단순한 고착이 폭로된다. 그가 제시하는 상이한 가능성과 역전 속에서 말이다.

많은 예들이 등장한다. 우리가 도서관에서 빌리는 책은 왜 책이어야만 하고 혹이면 안 되는가?

혹 떼주세요,
하늘나라색 와이셔츠를 입은 사서는 긴 서랍을 열어 긴 칼을 꺼내
한 몸이 된 혹과 당신 사이에 갖다 댄다
어디서 어디까지가 당신이고 어디서 어디까지가 혹인지
정확히 알기 때문에 사서인 사서가
혹을
당신의 몸에서
절단해낸다
당신이 읽어서 당신의 혹이 된 책을 사서는
제자리에 갖다 놓는다

—「혹」 부분

책은 책일 뿐 아니라 혹이다. 읽는 사람에게 들러붙는다. 떼려면 칼로 절단해야 한다. 책에 대한 단순한 통념이 혹의 속성으로 전환하는 것이 통렬하다. 책의 객관성, 단단함, 거리감은 혹의 비정형성, 밀착, 혐오감과 대치되며 결속된다. 우리가 책이라

고 생각했던 것이 사실은 흑일 수 있음을 제시하는 역설은 사물에 대한 우리의 관념을 뒤집는 것이다. 또 다른 시인 「가정과 결론」에서는 책이 페이지의 나열로 되어 있는 것을 단순한 연속이 아니라 앞장이 뒷장을 노려보는 행위로 표현하고 있다. "책이 존재하는 이유는 노려봄이라는 동물이 1페이지에서 100페이지까지 운동하기 위해서였다". 얼마나 그럴듯한 반격인가. 책이 단지 사물이 아니라 "노려봄이라는 동물"이 달리고 있는 현장이라는 것이다. 건조한 글자의 나열이 동물의 날카로운 시선으로 전환하는 순간이다.

그의 시의 아이러니와 역설은 매우 진취적이고 선언적이다. 또렷한 방향을 갖는 사건이 한순간 무너지거나 엉뚱한 길에 들어선다. 「야망 없는 청소」에서 "청소를 하자 모든 것이 불분명해졌다. 사물들의 위치가 조금씩 바뀌었으나 집은 유지되었다"라고 했을 때 청소는 정돈이 아니라 반대로 혼돈, 불명확으로 연결된다. 질서를 세우고자 하는 우리의 행위는 반대로 세계를 불분명하게 만든다. 우리의 질서와 세계의 질서는 다르게 작동하는 것이다. 문보영 시의 명석성이 바로 이 "모든 것이 불분명해졌다"로 집약되어 드러난다. 「화상 연고의 법칙」에서 화상 연고를 빌리고 돌려주지 않는 사람들의 이야기를 통해 "하나의 화상 연고는 돌고 돌아 지구를 한 바퀴 돌지만 주인에게는 돌아오지 않으며, 따라서, 온 인류가, 인류를 따돌리며 도망치는

화상 연고 술래를 쫓아 술래잡기하는 형국"이라 했을 때 이 혼
란과 역설은 매우 명시적으로 제시된다.

　이렇듯 그의 시에서는 작은 사물들 하나하나가 예측을 벗어
난 운동을 함으로써 세계의 틈을 벌리고 통념을 뒤집는다. 일
차적이고 인습적인 관계망들이 보란 듯이 뚫리는 곳에 이율배
반적인 상황들이 태연하게 공존한다. 이것이 지금까지와는 전
혀 다른 시선으로 세계를 바라보게 하는 것이다.

　5. 윤지양—자두씨 저는 당신을 사랑해요

　시는 짧은 글이지만 그 속에 상황, 사건, 인물, 사물, 시간,
공간의 요소들이 모두 들어 있다. 어떤 시는 벌어지는 일들,
상황의 굴곡이나 비약을 담아내고 또 어떤 시는 인물의 행위
나 모습, 감정에 주력한다. 그런가 하면 사물에 주로 초점을
맞추는 시도 있다. 소설이나 산문과는 비교할 수 없지만 이러
한 요소들을 통해, 또 이 요소들을 어떻게 표현할 것인가 하
는 방법론에 대한 고민 속에서 시인은 자신만의 개성을 드러
내게 된다.

　윤지양 시인의 시는 우선 사물성이 두드러진다. 사물의 사
물성뿐만 아니라 인간의 사물성, 상황의 사물성까지 포괄한

다. 즉물성이나 육체성이라 해도 좋다. 화자의 시선은 상황이나 행위자라기보다는 그것의 한 부분, 육체를 향해 있다. 물론 모든 육체는 물성을 지니고 있고, 형체와 색을 가지고 있으며, 우리가 볼 수 있도록 놓여 있다. 육체는 누구나, 어디서나 볼 수 있는 것이다. 하지만 볼 수 있는 대상이라고 해서 언제나 볼 수 있는 것은 아니다. 관념과 통념의 눈으로는 물성을 제대로 볼 수 없다. 사물이 해석되고 판단될 때, 우리는 그것을 볼 수 없다.

그런 의미에서 사물에 접촉하는 윤지양 시의 시선은 물질적이고 가시적이라 할 수 있다. 그것은 육체의 육체성이라 불러도 좋을 만큼 구체적인 육체를 향해 있으며, 그토록 실제적인 사물과 관련을 맺고 있는 것이다. 아울러 이 사물을 호명하고 바라보는 위치도 매우 독특하다. 화자는 사물들과 평등하게 교류하거나 사물의 위치로 아예 이동해버린다. 그래서 화자가 사물과 소통하고 대화하는 모습은 낯설고 이색적으로 보이기도 한다. 이것을 의인화에 대치되는 의물화적인 장면이라 하면 어떨까.

자두씨
뱉는다
살이 이렇게 많이 붙었는데

자두를 드는 팔이 가늘어
내려놓고 싶다
자두는 무거워지고 싶다

손이 뚝
바닥에서 구른다

팔은 자두를 찾는다
사돈의 팔촌의 별장 앞까지 가서

자두 찾아요
자두를 잡은 손 찾아요
자두씨 저는 당신을 사랑해요

무릎을 꿇고 빌었습니다

누군가는 손을 묻고
별장을 떠났다

　　　　　—「좋아하는 것을 함부로 말하고 싶을 때」 부분

이 시는 사뭇 이상하게 보인다. 자두와, 자두를 들거나 찾는 팔의 이야기다. 자두는 살이 많이 붙고 자두를 드는 팔에 비하면 무거워 보인다. 작은 자두 한 알을 이렇게 그리는 게 이상하지만 팔은 더 이상하다. 팔은 가늘고 손이 뚝 끊어져 바닥에서 구르고, 그래서 팔은 자두도 찾고 자두를 잡은 손도 찾는다. 이 과정에서 팔, 자두, 손은 모두 각각 떨어져 있고, 독립적 상태로 존재한다. 이들의 분리가 이상하기에 이들의 연결도 이상하다. 시인은 이렇게 사물들을 분리, 독립시켜 만나거나 흩어지는 장면을 낯설게 보여준다.

사물들의 이와 같은 기이한 노출은 「어느 날 거미를 삼켰다」에서 "거미가 몸속에 줄을 친" 후 "거미는 나오려고 데굴데굴 구른다"와 같이 선명한 이미지로 제시되기도 한다. 또는 「가재 키우기」에서 "처음 가재를 보았을 때 그 집 주소도 몰랐지요 자꾸 따라가고 싶었는데"로 시작하여 "바위 밑에 붙은/나는 자꾸 두꺼워졌어요"로 화자가 아예 가재가 되어버리는 의물화가 진행되기도 한다. 거미든 가재든, 변형이나 왜곡을 불사하고 육체가 또렷이 드러나는 순간이다. 육체만큼 이해할 수 없는 것, 그로테스크한 것이 있는가. 윤지양 시인의 사물성이 빛나는 이유이다.

6. 최세운—도도를 향한 도도는 도도의 슬픔을 느끼며 도도는 어두워 도도 옆으로 도도는 뒤꿈치를 올리고 도도

최세운의 시 쓰기는 의심할 바 없이 말놀이나 환유의 일종이다. 좀 더 구체적으로 표현하면 시니피앙의 자족성이다. 시니피에의 존재나 그림자가 깃들지 않은 시니피앙의 독립성 말이다. 정도의 차이는 있어도 최근 말놀이 시에 나타나고 있는 공통된 특징이 최세운의 시에서는 유난히 두드러진다고 할 수 있다. 그의 시에는 아무 의미가 없는 말들이 망설이지 않고 전면에 배치되기 일쑤다. '다다'를 연상케 하는 "도도"나 '라라' 같은 의성어에 가까운 것은 말할 것도 없고 제목으로 쓰인 "레버"나 "암모니아"도 전혀 뜻을 갖지 않는다. 단지 귀에 울리는 소리의 쾌감 때문에 선택된 것이다. 이 말들은 의미의 생성은 커녕 어떠한 이미지의 재편에도 기여하지 않는다.

아무리 시라고 하지만 말이 거의 소리로만 존재하는 것이 가능할까. 본문으로 들어가보면 최세운 시의 특징을 좀 더 살펴볼 수 있다.

뒤꿈치를 올리고 도도 늦은 비가 내리고 전신주가 세워지고 도도 도도를 향한 어른들의 의구심에서 도도는 도도의 슬픔을 느끼며 도도 도도는 발랄한 창틀을 만들고 이국

의 맑은 날씨를 궁금해한다 뒤꿈치를 올리고 모든 꽃다발
을 형이라고 부르자 뒤꿈치를 올리고 모든 형이상학을 형제
라고 부르자 도도는 깊고 오늘의 도도는 어두워 도도 옆으
로 도도는 머리를 기울이면서 선악과의 주변을 만들고 선악
과의 주변은 늘 소란스럽다 잃어버린 대관람차의 의미를 대
입하면서 뒤꿈치를 올리고 도도 어두운 사과의 밑바닥이 태
어나고 도도는 스펀지와 도도의 울음이 연결되는 지점에서
하늘은 멍이 들고 뒤꿈치를 올리고 도도 도도는 그다지 굉
장한 존재는 아니지만 진화와 진화를 거듭해 도도는 도도
를 고민하게 한다 동그랗게 말린 마음을 생각하면서 그날의
슬픔을 주문하는 도도는 헤어진 라일락의 안부를 묻는 도
도는 인간의 감정을 다 배울 때까지 뒤꿈치를 올리고 도도
—「도도」 전문

도도가 등장인물인지, 대상인지, 후렴구인지 알 수 없는 채
로 반복된다. 도도의 규칙적 소환 사이에는 여러 가지 구문들
이 흘러 다닌다. 그것은 비가 내리거나 맑은 날씨로 진술되기
도 하고, 전신주, 창틀, 대관람차, 하늘, 라일락 등의 사물들로
나타났다 사라지기도 한다. 언뜻언뜻 출현하는 이러한 사물들
의 등장과 이동은 촘촘하지는 않지만 인접에 기초한 환유의
속성을 엿보게 한다. 의미 맥락이 제거된, 공간적이고 물질적

인 이동에 가깝다.

 더불어 그의 시는 구문 단위로 독립된 채 이루어져 있어서 구문과 구문 간의 연계나 구성의 미학을 찾을 수 없다. 의미나 정서가 산출되지 않을 뿐 아니라 시에서 특정한 상황이 만들어지지도 않고, 중심적인 퍼소나라든지 발화의 특징을 갖지도 않는다. 단독적이면서 계속 교체되는 짧은 구문들의 출몰이 있을 뿐이다. 앞의 구문 뒤에 왜 특정한 뒤의 구문이 나타나는지 추론할 수가 없는 것이다. 따라서 시라기보다는 편집된 말들로 보이고, 문학성과 의도가 제거된 말들의 운동으로 보이고, 그런 의미에서 가장 비전통적인 수사 방식으로 보인다.

 최세운의 시는 의미와의 겹침이 없어서 그런지 말들이 가볍고 경쾌하다. "늦은 비가 내리고 전신주가 세워지고"라는 구문이 있으면 이 구문이 어떠한 상징이나 아우라를 동반하지 않은 채 비와 전신주로만 보인다. "도도의 슬픔"이라는 말은 우리가 알고 있는 어떠한 슬픔도 소환하지 않은 채 단지 슬픔이라는 말을 가리킨다. 계속 반복되는 "뒤꿈치를 올리고"만큼 이러한 특징을 잘 보여주는 것도 없다. 그동안 우리가 보아왔던 시에서의 반복이 갖는 의미의 결집을 실현하지 않은 채, 최세운 시에서 발꿈치는 거의 자동적으로, 무의미하게, 무생산적으로 세워지고 있다.

7. 최현우 — 사람은 만질 수 없는 날씨를 살게 되나요

우리는 시에서 무엇을 통해 자신과 세계에 대해 자각이라는 것을 하게 될까. 2000년대 들어와 최근에 이르도록 감각과 육체에서 출발하는 시들이 많아진 것은 이 자각의 방향이 정신과 내면에서 물질과 감각으로 이동하고 있음을 가리킬 것이다. 많은 시들이 정신의 깊이나 높이보다는 감각과 놀이로의 전환을 꾀하고 있다. 이것이 다소 전면적으로 보이기는 하는데, 그러나 꼭 그런 것은 아니다. 예컨대 감정과 정서는 전자와 후자 양쪽에 다 걸쳐 있다. 정신이나 내면과도, 또 물질이나 감각과도 연계되어 있는 것이다. 정서의 표현은 항상 보다 복잡한 지속과 변형의 과정 중에 있다.

최현우 시인에게 정서는 그 정서의 담지자인 주체 주변에 머물러 있으며 주체에게서 형성되는 듯이 보인다. 주체가 흩어지지 않고 정서를 산출하는 용기의 역할을 하는 것이 인상적이다. 그러나 이전처럼 주체가 안정적으로 확보되어 있다는 것은 아니다. 그의 시에서는 이전에 확고해 보였던 주체도, 주체의 어떠한 정서도 미리 전제되어 있지 않다. 그보다는 주체로 여겨질 만한 그 무엇이 정서를 형성하고, 정서가 산출되는 곳에서 주체가 감지된다고 보는 것이 더 그럴듯하다. 이것이 그의 시를 미묘하게 만든다. "거꾸로 적힌 표정을 반듯하게 뒤집어서 돌려주는 일이 할 수 있는 기쁨의 전부"(「젖은 니트」)에서처럼 기쁨이라는 정서가 만들어지는 곳에서 주체가 가시화되거나 그 역이 성립하는 것이다.

　최현우 시인에게 정서는 또한 언제나 감각을 통해 착륙한다. 감각은 정서가 도래했음을 알리는 신호와도 같다. 감각이 선명하고 현묘할수록 정서도 복잡하고 새롭다.

　　그날의 빛, 이제 없는 마리아
　　혼자서도 단단하고 차가운 컵을 쥐면
　　작고 미끄러운 미간을 만지는 기분
　　또다시 눈을 뜨면
　　반짝거리는 눈썹 한 쌍
　　허공을 문지르며 젖은 햇빛을 닦아주고 싶은 아침
　　그 순간 나는 내 삶 살 수 없다 생각했죠
　　가을의 풍부한 사방을 아무리 돌려세워도
　　나타난다, 나타나지 않는
　　마리아, 사람은 왜 만질 수 없는 날씨를 살게 되나요
　　　　　　　　　　　　　　　　　　　　　　　―「아베마리아」 부분

"단단하고 차가운 컵을 쥐면/작고 미끄러운 미간을 만지는 기분"에서 대상에의 감각과 주체에의 감각이 동일시된다. 계속

해서 "젖은 햇빛을 닦아주고 싶은 아침"이라는 세계에의 감촉과 "그 순간 나는 내 삶 살 수 없다 생각"하는 주체의 현존에의 사유가 이어진다. 감각, 정서, 주체를 연결하는 희미한 선들이 새로 만들어지는 현장이다. 감각의 끝에 정서가 있고, 정서는 주체를 가능하게 하는 고리이다. 이것들은 처음부터 확실하게 전제되는 것이 아니라 한 편 한 편의 시에서 불안하게, 간신히 모색된다. 이 순간을 그려내는 것이 최현우의 시다.

희미하고 불확실한 이 연결선들은 종종 최현우 시인이 세계에 대해, 감정에 대해 갖는 의구심으로 표출된다. 그의 시의 화자들은 무언가를 돌아보거나 빤히 쳐다보거나 "사람은 왜 만질 수 없는 날씨를 살게 되나요" 하고 의문을 갖는다. 그 무엇도 자명한 지반을 갖지 않는다. 모든 것은, 순간 모여 거대한 불확실성의 덩어리를 이루고 있을 뿐이다. 현대시는 이 위에 아슬아슬하게 서 있다.

| 시집 |

좋아하는 것을 함부로 말하고 싶을 때

1판 1쇄 인쇄 2018년 4월 4일
1판 1쇄 발행 2018년 4월 11일

지은이 · 김기형 김민우 김연필 문보영 윤지양 최세운 최현우
펴낸이 · 주연선

총괄이사 · 이진희
책임편집 · 최고라
편집 · 심하은 백다흠 강건모 이경란 최민유 윤이든 양석한 김서해
디자인 · 이지선 권예진 한기쁨
마케팅 · 장병수 최수현 김다은 이한솔
관리 · 김두만 유효정 신민영

(주)은행나무

04035 서울특별시 마포구 양화로11길 54
전화 · 02)3143-0651~3 | 팩스 · 02)3143-0654
신고번호 · 제 1997-000168호(1997. 12. 12)
www.ehbook.co.kr
ehbook@ehbook.co.kr

잘못된 책은 바꿔드립니다.

ISBN 979-11-88810-16-1 (03810)

• 한국예술창작아카데미는 35세 이하 신진 예술가가 참여하는 연구 및 작품 창작 과정입
 니다. 2017년 한국예술창작아카데미 문학 분야는 시인 7인과 소설가 8인을 선정하였으
 며, 이 책은 한국문화예술위원회의 지원으로 제작된 시인 7인의 작품집입니다.